YO FUI PLUTARCO ELÍAS CALLES

Alfredo Elías Calles

© D.R. Alfredo Elías Calles, 2011

© D.R. de esta edición:
Santillana Ediciones Generales, SA de CV
Av. Río Mixcoac 274, Col. Acacias
CP. 03240, teléfono 54 20 75 30
www.sumadeletras.com/mx

Diseño de cubierta: Fernando Ruiz Zaragoza

Lectura de pruebas: Carlos Tejada y Jessica Martín del Campo

Primera edición: diciembre de 2011

ISBN: 978-607-11-1589-8

Impreso en México

A la memoria de mi madre,
Elena Álvarez Morphy.
A mis hermanos:
Santiago, Fernando, Jorge y Alberto.

Los hombres somos dioses mortales,
y los dioses hombres inmortales.
Dichosos aquellos que pueden
comprender esta simple verdad
pues encierra el secreto de todos los misterios.

RAPSODIA PRIMERA

El día de mi muerte

Amaneció con un cielo ausente de nubes. Un viernes de octubre en el que ya las hojas están morenas de viejas y anuncian el fin del otoño. La Ciudad de México registró una agradable temperatura de 22° C esa mañana.

La miss Rodríguez, jefa de enfermeras en el Hospital Inglés, abrió las persianas y dijo: "Mire, general, qué bonito se mira el cielo". Asentí desde mi lecho de enfermo para no incomodarla. Había pasado una noche difícil. Los dolores habían regresado. Francamente me sentía fatal. "Llame al doctor", le solicité.

El doctor Ayala González, mi cirujano y fiel amigo, se presentó con prontitud y ordenó maniobras de carácter hospitalario para contener la hemorragia interna. Acciones de emergencia para detener lo que ya se iba.

Yo sentí mi sangre invadir los espacios orgánicos que controlan la vida. Lo miré con la intensidad que era propia de mi persona y sólo dije: "Es inútil, no haga más nada. Ha llegado el momento".

Mi organismo no resistió. La hora final suena y nadie puede cambiarla. Así de simple.

En el pabellón 32 del Hospital Inglés, en lo que hoy son las instalaciones del lujoso Hotel Camino Real de la Ciudad de México, en el instante en que el reloj marcó las dos de la tarde con cuarenta minutos de ese 19 de octubre del año 1945, yo, Plutarco Elías Calles, el llamado "hombre fuerte de México", di mi último suspiro.

Sentí mi final hasta el momento preciso que cesó mi vida.

Qué importa saber qué te ha matado, si fue la operación o la fiebre, la agitación de una vida intensa o el aire venenoso que acompaña la traición. Qué más da, uno muere de muerte. Y ya.

Al desprenderse mi espíritu de la materia sentí inmediatamente la ascensión. Tuve la impresión de que una fuerza me impulsaba a elevarme.

Abandoné la materialidad e inicié mi elevación conservando inalterable el pensamiento. Estuve presente en todos los actos que se me dispensaron. Pude observar y sentir las verdaderas manifestaciones de cariño y pena.

Debo aclarar que, a mi arribo al otro plano, no me esperó comité de recepción alguno, no aparecieron las figuras tan ilustradas, ataviadas de blanco y con barbas de idéntica blancura. No escuché música celestial ni aparecieron los ángeles redentores. Debo decepcionarles: tampoco asomaron los demonios arropados de carmesí que tanto me pronosticaron los prelados del culto organizado.

Mis despojos fueron confiados a la célebre agencia Gayosso, que recogió mi figura exánime para llevarme a vestir. Mi hija "La Tencha" les entregó un traje gris de solapas cruzadas y dos corbatas. En el momento de la decisión, uno de los vestidores dijo: "Vamos a ponerle la corbata roja, yo sé bien que éste era rojillo". No me ofendí. Así fueron los preparativos para colocarme en mi lecho último, en medio de las sedas funerarias.

Mi estuche de muerto era de metal grisáceo. Me complació que mis hijos insistieran en la ausencia de simbología religiosa. Antes, en el hospital, le había yo dicho a Garrido Canabal: "Si llegase el momento, te hago responsable de no permitir que llegue un sotanudo a rociar mi cajón con agua bendita".

A las siete de la noche me trasladaron a la casa de la calle de Guadalajara, donde viven "La Tencha" y Fernando Torreblanca. Limpiaron la sala de muebles y estorbos para colocar mi sarcófago en medio de los cirios de luto. A esas horas, México ardía entre los rumores que suelen acompañar la partida de un hombre público. No entre toda la gente, pues la noticia de mi deceso competía, a la misma hora, con las funciones del teatro Lírico, donde Palillo haría de las suyas y seguramente me dedicaría un piropo. Esa noche también exhibían en el cine Orfeón *Como México no hay dos*, con Tito Guízar; por sólo dos pesos era mejor disfrutar que considerar las penas ajenas. En el Roxy y el Alarcón daban *Lo que el viento se llevó*. Cómo lamenté no haberla visto. No me dio tiempo.

Días antes le había yo dicho a la miss Rodríguez en el hospital que me recordara que hoy, a las nueve y media, en la XEQ, cantaría Toña la Negra.

Así es esto. La vida es la muerte y la muerte es la vida.

Qué importancia tiene el aceptar antes de la muerte esta creencia tan útil del tránsito a la vida eterna.

Avanzada la noche, se agolpó la gente afuera de la casona de la calle Guadalajara. Entre personajes, colaboradores y amigos sumados a los mirones que fueron por morbo, se creó el desorden en torno al cajón con mis restos. En forma inesperada, mi hija Alicia —la más aguerrida— trepó sobre un banco y gritó con fuerza: "¡Más respeto señores, que aquí no ha muerto un sastre cualquiera!". En ese momento, sentí un timbre de orgullo, aunque tal cosa ya no me era propia.

Tal incidente provocó en mi memoria el recuerdo de las mujeres esenciales que el destino designó para otorgarme el calor y el amor que iluminaron mi vida. Natalia Chacón, Leonor Llorente y Amanda Ruiz me dieron, respectivamente, diez hijos, dos y uno. Cholita, mi gran colaboradora y confidente, supo guardar con una gran conciencia los secretos que suelen acompañar a un hombre de Estado. Dolores, "La Buki", la sibila que yo habría de conocer en el desierto con los yaquis y que supo leer mi destino. En esa noche de velas, Herlinda, mi amor último, lloraba inconsolable en alguna habitación sobre mi estancia de duelo. Ella me obsequió las bondades del amor postrero.

En estos últimos años de mi vida, mis hijas fueron el sol de mi existencia. Cuánto disfruté de su compañía y donosura, de su gracia sin límites. Qué grandes señoras le he dejado a México. Siento una gran recompensa.

El cortejo fúnebre se inició a las tres de la tarde del día siguiente. Cargaron en vilo mi féretro y, en hombros de mis hijos y amigos, bajé la escalinata que me llevó a la carroza. Nos pusimos en marcha rumbo a la Calzada de los Constituyentes, precedidos por el señor presidente de la República, el general Manuel Ávila Camacho, y por dirigentes del Ejército Nacional. Me rendían homenaje y me acompañaban hasta mi morada última.

Al ascender por la misma avenida hacia el Panteón Civil, pude recordar a los soldados de ese ejército que tanto quise.

Llegados al cementerio, se inició la salva de artillería. Los veintiún cañonazos de rigor que forman parte del protocolo. Recordé los estallidos que escuché durante la lucha revolucionaria.

Siempre quise morir como hombre libre. Preparado para la nueva vida. Presentarme ante el dios de la existencia absoluta, rendirme ante la madre naturaleza y expresarle: "Nací en la pobreza porque así lo quisiste; me hice educador porque así lo quisiste; me hice soldado porque así lo quisiste; participé en la lucha social porque así lo quisiste; me hice del poder porque así lo quisiste. Luego, fui traicionado porque así lo has querido. Es el destino quien ejecuta tus mandatos. Es el orden admirable del universo".

Hoy me junto con el millón de almas que se llevó la Revolución mexicana. Los señores Madero, Zapata y Villa, don Venustiano, De la Huerta y Álvaro Obregón me habían precedido. Unos, guerreros sagrados; otros, baluartes en el culto a la ley.

Yo no busqué el poder, el destino me asignó la misión. Edificar fue mi parte. Fui el albañil que, ladrillo sobre ladrillo, construyó un nuevo proyecto de nación.

Depositaron mi cadáver en la fosa 8352 del Panteón Civil. Antes, a solicitud de mi familia, los restos de Natalia, que se me había adelantado dieciocho años, serían exhumados y reinhumados para reunirse con los míos. "Vaya matrimonio de huesos", pensé yo, pues ahora ni ella ni yo mismo estamos ahí.

Debo recordar que todos los muertos somos iguales, recibidos en las instancias eternas. Tenemos una patria común. Los mismos lugares esperan a generales, soldados y líderes. Todos somos tropa. Caemos unos antes que otros, incluidos mis enemigos, ellos morirán también y el polvo del tiempo borrará nuestros nombres. Finalmente, morir equivale a un simple cambio de residencia.

El siglo siguiente

Increíble encontrarme todavía con aliento, sintiendo mi mundo, confirmar que la vida continúa en el universo de lo etéreo. He conservado inalterable el pensamiento. Resulta difícil aceptar una transformación tan radical, sin embargo, estar en un plano de lucidez me conforta.

Ahora que ya he muerto se pueden revelar todos mis secretos. Desglosar mitos en torno a mi persona. Abrir mi corazón en busca de los signos que revelan mis afectos y rencores. La muerte es lo que le da tonos de leyenda a nuestra vida.

Desde mi llegada a este plano, he guardado silencio. Cuán transparente se torna la conciencia de los muertos. Comparto mi alma y mis vivencias con la estirpe mexicana que dejé. Hoy tengo la prerrogativa sobrenatural de escribir estas memorias. Compartir con los lectores del siglo XXI estas migajas biográficas.

Viernes Santo

La noche del 10 de abril de 1936, Saturno, agresivamente ubicado, me presagiaba desgracias inesperadas.

Me encontraba en Santa Bárbara, mi casa campestre cerca de Texcoco, un santuario agrícola donde aprendí la ciencia del cultivo y la organización que benefician las prácticas de la ganadería. En ese lugar había ganado vacuno que me fue regalado por naciones extranjeras durante mi mandato presidencial.

Esa noche una gripe obcecada me llevó a la cama temprano. Al verme, Concha, mi abnegada cocinera, exclamó de inmediato:

—Ándele general, le voy a hacer un tecito caliente —se retiró a la cocina y yo fui hasta mi alcoba.

Alrededor de las nueve tocó la puerta mi asistente, el capitán Fuentes.

—Señor general —dijo—, el brigadier Navarro Cortina desea hablar con usted, dice que es urgente.

—¿Quién es el tal Navarro, lo conocemos?

—Es general de brigada —respondió el capitán Fuentes.

—Hágalo pasar —le indiqué.

Navarro Cortina se paró frente a mí y en actitud respetuosa dijo:

—Señor general, debo informarle que por órdenes del presidente de la República debe usted abandonar el país mañana temprano. Por lo tanto, he de acompañarlo hasta el aeródromo de Balbuena, donde ha sido dispuesto un avión especial para trasladarlo al extranjero.

—¿Conoce usted el motivo? —inquirí.

—No, mi general, sólo sé que son instrucciones del señor presidente Cárdenas.

Insistí en preguntar si conocía la razón.

—Creo que se trata de razones de *salud pública*.

—Si éstas son las órdenes del señor presidente —le respondí—, me prepararé para el viaje.

El brigadier sólo añadió que dejaría un destacamento de soldados para encargarse del resguardo.

—Muy bien general, lo espero por la mañana para dirigirnos al aeropuerto.

Transcurrió más de una hora cuando se presentó en la casa un funcionario civil que dijo ser el inspector Díaz González, representante de la fuerza policiaca de la ciudad. Era joven e inexperto, seguro se sentía nervioso por la encomienda. Me informó, a su vez, que traía consigo a un grupo de policías que se encargaría de la vigilancia de la casa.

—¿Qué no basta con el destacamento de soldados? —pregunté.

—No —dijo—. Nosotros somos de la policía.

—Bien, cumpla con su deber muchacho.

Así se inició la noche más larga de aquel año. A las veintitrés horas yo era un prisionero en mi propia casa. La felonía estaba en marcha. La infamia fabricada cumplía su cometido.

Las noticias publicadas al día siguiente incluyeron la reseña de mi ropa de cama. El brigadier visitador habló del color de mi pijama y mencionó con interés las pantuflas a las que me había aficionado desde hacía mucho tiempo. Refirió también que me encontró leyendo el famoso texto de Adolf Hitler que, en aquellos años, era referencia obligatoria para cualquier hombre de mediana cultura. Habría que recordar que Hitler, en ese año de 1936, era apenas el líder de una Alemania que se aprestaba a cobrar la humillación que los aliados le habían impuesto en los Tratados de Versalles.

El brigadier no mencionó, sin embargo, que sobre la mesilla de noche se hallaban, además, el texto clásico de Karl Marx y un ejemplar bellamente encuadernado de *La vida inútil de Pito Pérez*. Desde joven fui un lector voraz y el hábito de la lectura me fue aún más propio desde que ejercí el magisterio.

Cuando me enteré del reporte que hicieron de mis lecturas, pude advertir claramente las intenciones de tal observación.

Aquella noche apenas pude dormir; resultaba difícil conciliar el sueño sabiendo que afuera me esperaba la intriga concebida; una emboscada que me hacía aparecer como el responsable de una confabulación destinada a derrocar al gobierno.

Era absurdo aceptar esa tesis cuando el principal responsable de la supuesta asonada se encontraba dócilmente expuesto a los rigores de un resfriado y sólo acompañado de una cocinera, un perro doméstico y algunos rancheros que se ocupaban de los animales. Mi ayudante, vestido con overol de trabajo y sin aspecto militar alguno, se veía apesadumbrado.

—Hemos de obedecer —le dije grave—, los soldados estamos destinados a acatar.

—Disculpe, mi jefe —insistió—, pero esto es una *cabronada*.

—Vamos a empacar capitán, nos espera una larga jornada...

En la madrugada aparecieron mis hijos. Se veían acongojados. No se hizo comentario alguno. La misma villanía mantenía su tendencia. Los gallos de la granja se encargaron de marcar el tiempo. Había que partir.

Reapareció el brigadier Navarro Cortina.

—Es hora de marchar —dijo imperioso.

Salimos al portón y, con gran sorpresa, noté la presencia numerosa de tropa bien armada.

Abordamos los automóviles que esperaban y la caravana cubrió los treinta y siete kilómetros rumbo al aeropuerto de Balbuena. En todo el trayecto la tropa nos acompañó. No pude menos que sonreír ante la sospecha de que yo hubiese sido capaz de escapar del convoy y correr a campo traviesa; la ciática me impedía caminar a paso firme, la sola idea de correr me era ausente desde hacía varios años, cuando un accidente ecuestre me había dejado muy lastimado. Aún así, la imagen del "hombre fuerte" dominó su pensamiento y adoptaron las precauciones que dictaban sus temores.

Al llegar al aeródromo me percaté, de nueva cuenta, de la presencia de un grupo numeroso de militares bien armados; cuatro de ellos actuarían como escoltas y abordarían el aeroplano conmigo.

Desde una camioneta policiaca estacionada hasta el fondo del hangar fueron bajados Melchor Ortega, Luis León y Luis Morones, quienes desde el día anterior habían sido detenidos y tratados como viles granujas. Ortega se encontraba vacacionando con su familia en un balneario de Tehuacán, de seguro pensaron que practicaba natación para adiestrarse en la guerra submarina. Luis León, el diputado torero, fue apresado en las afueras de su domicilio en las Lomas de Chapultepec. Luis Morones, el connotado líder obrero, en cambio, fue interceptado cuando se dirigía en su automóvil a sus oficinas; a él le fue requisada una pequeña pistola calibre 22, que sirvió para dar pábulo a los infundios de que se preparaba una insurrección armada.

L legado el momento, ya con las hélices rotando con fuerza, el trimotor Ford de la Compañía Mexicana de Aviación que nos llevaría hasta la frontera se aproximó hasta donde estábamos congregados. Julio León, el fotógrafo de *Excélsior*, dijo:

—Una última foto, señor general.

—Una penúltima —comenté haciendo un esfuerzo por aligerar el momento.

—Se va usted, señor general.

—No me voy, me van —contesté y él sonrió.

Las despedidas fueron austeras y sin tonos melodramáticos; hasta ese momento advertí que todos los viajeros involuntarios lucían pesados abrigos.

—¿A qué vienen tamañas prendas, señores? —pregunté.

—Es el corazón que está gélido —dijo Melchor Ortega mientras subía por la escalinata de la nave.

Alfredo, mi hijo y el único miembro de mi familia autorizado para acompañarme, se sumó al cortejo de los expulsados.

El XRO7 levitó sobre el asfalto y nos hicimos al aire. No bien acabó la nave de alcanzar altura, hice a los oficiales responsables una solicitud para que el piloto sobrevolara los volcanes que lucían espléndidos. Tal cortesía me fue concedida y me permitió recibir un trato generoso por vez primera ese fatídico día. Deseaba ver la imagen que nos es propia a las conciencias mexicanas. No en balde Hernán Cortés quedó deslumbrado ante la belleza de las nieves míticas de nuestros volcanes, sembrados en medio de las tierras prietas.

Luis León leía los diarios, apenas rio y dijo:

—Mire general, en la cartelera de los cines de hoy exhiben *El infierno del Dante* y en Bellas Artes Virginia Fábregas se despide con dos obras: a las siete *La enemiga* y a las nueve y media *Doña Diabla* —hasta los oficiales de la escolta hubieron de reír.

El cansancio de mis amigos los mandó al sueño arrullados por el ruido del trimotor. Íbamos rumbo a Estados Unidos, el imperio del norte, a mi pesar, dígase de paso, me llevaban a un destino que nada tenía que ver con mi persona. Un país del que aprendí a desconfiar desde temprana edad. Siendo mexicanos de frontera, los sonorenses aprendimos a recelar de los gringos desde siempre. Tales fueron las condiciones de los tiempos. Además, yo no hablaba inglés, nunca lo aprendí. No quise.

Atisbé por la ventanilla el azul infinito. Comprobé que el azul es el tono más hermoso que llena el mundo. El cielo, sobre el que nos deslizábamos en ese preciso instante. El mar que tanto he amado, el aire y lo inmenso de la vida, todo es azul.

Tú, chamaco...

Pensé en ti, Lázaro Cárdenas, presidente de los mexicanos. Recordé cuando te conocí, una veintena de años atrás, eras un chamaco de veinte. Yo entonces comandaba tropas en Sonora, en el noroeste de la geografía nacional.

Me complacieron tu modestia y tus muestras de respeto. Sentí, además, una afinidad a tu persona, ambos fuimos huérfanos, carecimos de la protección inicial de la que suele disfrutar la mayoría de los humanos. A nosotros, no nos tocó teta.

Fuiste buen soldado, pero no necesariamente un hombre de guerra. Recuerdo ocasiones en que hube de enviar relevos de mando para rescatarte de operaciones fallidas. "Es joven," siempre pensé. "Todos hemos de aprender", dije a tus críticos.

Nuestros tiempos fueron desiguales. Yo era veinte años mayor que tú. Tus amigos fueron mis hijos; yo, sólo tu jefe y mentor.

Te formaste en la vida pública durante mis tiempos de mando; aplaudiste mi evangelio político con entusiasmo y, en 1928, ante la muerte del general Obregón, me dirigiste esa carta donde me presumes el líder patriota que habría de salvar a la nación. Eras joven mientras que yo, aunque prematuramente, me hice viejo. La intensidad de los tiempos me desgastó.

Cuando fuiste elegido a la presidencia del Estado mexicano era claro que había llegado tu tiempo. Cada hombre decide, vive y muere conforme a sus propias leyes.

Yo me encontraba en una de las playas de Sinaloa, El Tambor, que se localiza a cinco kilómetros debajo de la punta de Baradito frente al Mar de Cortés; ahí, en esa costa paradisiaca, mi hija Alicia tenía una vivienda modesta que mucho disfruté. A diario gozaba de mis incursiones en el mar de grandes olas que, aunque eran peligrosas, me devolvieron el vigor que proporciona el tumulto de las aguas frías. Por las tardes, grupos íntimos de amigos jugábamos a los naipes sin mayor distracción que los grillos de noche y el mosco jején. Así transcurrían las semanas de paz que comenzaban a rendir su fruto: mi salud se recuperaba y la ausencia de una agenda de actividades extremas me regaló la tranquilidad.

Fue hasta este lugar al que mandaste un avión que aterrizó sobre la misma playa portando tu misiva. Rodolfo, mi primogénito y miembro de tu gabinete, trajo tu carta. Ante el espectro de la patria tambaleante y sacudida por las huelgas de incontables instituciones, me solicitaste regresar a la capital de la República para auxiliarte en la tarea de serenar los ánimos, utilizando para ello mi prestigio.

Me resistí por varios días hasta que fui persuadido por mis más cercanos para acudir en tu auxilio. A fin de cuentas, tú eras el mandatario de la nación y jefe del ejército; yo, como soldado, estaba moralmente obligado a obedecer. Además, eras el presidente elegido que el partido político de mi creación había impulsado. Cómo negarse entonces al exhorto de un colaborador y amigo tan cercano.

La celada

Comisionaste una aeronave que me recogió en el mismo destino para trasladarme hasta la Ciudad de México. Me hiciste el honor de recibirme en el propio aeródromo y no pasaron demasiados días antes de que yo iniciara las acciones tendientes a serenar los ánimos imperantes en el clima político. Yo hice declaraciones a la prensa que, claramente, fueron favorables a tu gobierno y a tu persona, incluían un exhorto de mi parte para que el movimiento obrero reconociera la buena labor de tu gestión a favor de la clase trabajadora.

La observación directa de los hombres me conduce a la simple verdad de la vulgar malevolencia de la raza humana. Mis declaraciones fueron rápidamente utilizadas para establecer la tesis de que yo pretendía alargar mi esfera de influencia en las decisiones de tu gobierno. Nada más falso, bien sabías que yo me encontraba ausente y cansado. Comenzaba apenas a sentir el beneficio de la tranquilidad derivada de saber que había cumplido cabalmente con mis deberes de hombre público. Había llegado el tiempo de la familia, de recogimiento y contemplación de la naturaleza que tanto amaba. Ya no tenía la energía para ocuparme de los negocios del Estado. A fin de cuentas, fuimos simples funcionarios. No Césares.

La fechoría rápidamente adquirió voces exacerbadas, haciéndome responsable de una conjura que equivalía a la traición de los principios revolucionarios. El mentor que fui yo, gracias a la fuerza mediática que tú controlaste, se convirtió en desertor de los cimientos sociales por los que había luchado. Tal fue el oportunismo que tú, presidente Cárdenas, utilizaste para legitimar tu debilidad. Recordé entonces las admoniciones que recibí en el pasado, que afirmaban que eras mustio y tenías una agenda oculta. Como esfinge impasible presenciaste el asalto a mi honra, sin reparar que tal cosa no sólo era desleal, sino un atentado a lo divino. Me refiero al secuestro del honor de un hombre que ha cumplido cabalmente con la vida.

Donde el honor es más, todo lo demás es menos.

Sentí que liderabas a un grupo de hombres conjurados que se aprestaban puñal en mano a hundirlo sobre el César, como sucedió en otros tiempos.

Te cercioraste de cerrar todas las rutas para que no pudiera responder a los ataques. Me negaste el derecho de réplica que asiste a todo hombre de razón.

¡Santo que no es visto, no puede ser adorado!

¡Santo que no es escuchado, tampoco es recordado!

Ésa fue la jugada maestra diseñada para decretarme el ostracismo de la muerte civil. El propósito claro era anular todos mis actos. Mis peores enemigos no hubieran osado intentarlo a menos de que contaran con tu voluntad. La prensa en su totalidad recibió instrucciones terminantes de no publicar declaración alguna de mi parte. El diario *El Instante*, último de los periódicos dispuesto a hacerlo, fue asaltado por una turba que desmanteló sus instalaciones. Se iniciaba el maratón de la crueldad para desandar el camino andado.

Antes, conté con tu adhesión unánime. Ahora, en un lapso que no superó el medio año, pasé de un estado de Jefe Máximo de la Revolución al de Traidor a la Patria. Vaya metamorfosis, que ni el mismo Kafka hubiese podido concebir.

Las *alas izquierdistas* de tu confección no alzaron el vuelo sobre el Valle de Anáhuac en busca de un espacio más luminoso. En vez de eso, las alas diseñadas para hostigarme se volvieron reptiles políticos que hacen de las naciones estercoleros. Una turba se presentó a las puertas de mi casa en Anzures para posesionarse de mis bienes. Mi familia, con la que tú mismo compartiste esos espacios, aún se encontraba dentro.

Domingo de Resurrección

La siguiente mañana de domingo tus corifeos reunieron en la Plaza de la Constitución, corazón de los acontecimientos públicos de la patria, a una multitud frente a la cual legitimaste mi expulsión. Coincidiendo con las fechas de la Semana Mayor, presidiste la quema del "Gran Judas", presunto responsable de todos los males de la República, que sólo tú causaste. Te entregamos un país estable y sólo tu flaqueza permitió la contaminación de ideas divergentes que fragmentó a la nación. Sacrificaste al "hombre fuerte" para justificar tu propia debilidad.

Debo aceptar el sacrificio de mi persona. Bien sabes que me esforcé en darle a la patria la estabilidad que merece. México lloró con sangre su pasado revolucionario. El retomar la violencia resulta una negación a mi prédica institucional. México debe estimular la fructificación de nuestro movimiento social.

La historia del hombre siempre generó dos clases: los que hacen la Revolución y aquellos que han de servirse de ella. Veo con tristeza que te has apropiado de la imagen artificial de "salvador del Estado".

Mientras volábamos sobre Tampico, iba ensimismado en estas reflexiones. Alfredo, mi hijo, destapó un termo y le escuché decir:

—Papá, ¿quieres un café? —entonces me acordé de que también soy padre.

Volveré a referirme a todo el andamiaje que me condujo hasta estos momentos. Fuimos requeridos de ajustar nuestros cinturones. Nosotros, los expulsados, aterrizaríamos en la ciudad fronteriza de Brownsville, en tierras que algún día fueron nuestras y ya no lo son.

Así terminó esa semana en que la amargura envenenó mi corazón.

Se inició mi destierro…

El hijo del desierto

Eres hijo de la constelación de Acuario, habría dicho Dolores, "La Buki", la sibila yaqui, en una noche estrellada en territorio rebelde.

—Tú, coronel Plutarco —entonces yo contaba con treinta años—, naciste bajo los aspectos protectores de la estrella dispensadora de la luz y del agua. Allá en el sur del cuerpo celeste sobre las vastas llanuras de Sonora.

"Debes aprender a leer los astros —insistía—. Me has indicado acerca de las dos fechas natales que te asignan. Es la de enero 27 la que yo percibo con claridad.

El acta asentada en el libro de bautismo de la parroquia de San Fernando en Guaymas, Sonora, dice precisamente que Francisco Plutarco nació un 27 de enero en el ya lejano año de 1877. Signa la propia acta el presbítero Tomás Galdeano. No en balde cobró el cura responsable los cinco pesos que mereció la expedición del documento.

Tendido en una manta sobre la arena del desierto, "La Buki" me hacía mirar la esfera celeste con su mano larga de dedos afilados apuntando hacia los astros.

—Observa los movimientos de Júpiter y Venus, esas estrellas son portadoras de la energía primordial en tu vida. Cuidado con Saturno —sentenció—. Este astro es de influencia oscura para ti, has de vigilarlo y guardarte cuando pase cerca.

Nací en 1877. México era entonces una nación de nueve millones y medio de habitantes. Porfirio Díaz era el presidente. En lo internacional, el Imperio Británico reinaba sobre vastas colonias. Ese año, la reina Victoria fue coronada con pompa sobre el extenso territorio de la mítica India. El ferrocarril era el motor del progreso civilizador y de las páginas doradas que escribió el imperio anglosajón.

Yo soy oriundo de Guaymas de Zaragoza, Sonora, en el litoral noroeste de la geografía nacional. En ese tiempo, el puerto sonorense apenas contaba con seis mil moradores. Era la segunda ciudad del estado, aunque las actividades portuarias y la próxima siembra de las vías ferroviarias la convirtieron en la población más importante de Sonora.

Guaymas, el puerto donde al caer el sol me regala siempre el espectáculo del rojo abrasador poniéndose sobre el mar inmensamente azul. Esas imágenes habría de atesorarlas el resto de mi vida.

No supe de las angustias de mi madre María de Jesús Campuzano; la tía Chú, como solían llamarla. Ella murió cuando yo aún no cumplía cuatro años. Mi padre, Plutarco Elías Lucero, era miembro de una vasta línea de inmigrantes ibéricos que llegaron al oeste mexicano desde los primeros años del siglo XVIII.

El caso es que cuando yo llegué al mundo mi padre, don Plutarquito, como solían decirle, había extraviado su centro de gravedad: ni para aquí, ni para allá. A ratos se mantenía lúcido, pero luego le daba por tomar. No se hallaba.

Al perder a mi madre, ingresé a la fraternidad universal de la orfandad. Josefa Campuzano, la tía Pepita, y su esposo, don Juan Bautista Calles, me tomaron a su cuidado. Ellos fueron los padres que la providencia me deparó. A mis tres años me trasladaron a Hermosillo. El hogar Calles-Campuzano en la calle de Jesús García lo hice mío. Los afectos recibidos fueron los de mis tíos, a quienes me habitué a ver como padres.

Ésta había sido una historia de amor a cuatro manos. Ellos, los hermanos Francisco y Juan Bautista Calles se habían casado con ellas, las hermanas Campuzano, María de Jesús y Josefina. Después, al morir don Francisco de un dolor, mi madre tuvo un escarceo con Plutarco Elías Lucero y de esa unión se generó mi vida. Resulta evidente que en las noches de Sonora las gentes no ayunaban de amor.

En el hogar Calles-Campuzano se dio el tiempo de mi formación. La fórmula empleada era simple: afecto y disciplina espartana. En casa me eduqué considerando que mis primos Manuela, Ramón y Arnulfo eran mis hermanos.

El changarro del tío Juan Bautista Calles se localizaba en la calle de Jesús García, frente a la Alameda. El tío Juan, alto y de gran barba blanca, siempre fue estricto, pero muy amiguero. Llegaba la gente en las primeras horas del día y, sin mayor ceremonia, se disponía a *hacer la mañana*, la vieja costumbre sonorense de echarse el primer trago del día. Él los acompañaba a todos.

Desde temprana edad fui requerido a hacer la labor del día. Había que acomodar las mercancías que llegaban desde el puerto de Guaymas o bien de la frontera, en el ferrocarril. Dos veces por semana preparábamos la carreta e íbamos al tren a recoger las mercancías. Acomodábamos la mercadería en los estantes: botellas de licor, granos, piloncillo y las *mulitas* de bacanora. En la tienda se manejaban mercancías en general, también se vendían herramientas y arados. Las armas de fuego llegaban bien empacaditas; las carabinas 30/30 y los revólveres Smith & Wesson. Estos últimos apenas costaban tres dólares, las carabinas seis.

—Aquí hay que vivir preparados —nos decía el tío Juan.

En las vastas llanuras sonorenses, los yaquis y los cabrones gringos salteadores convirtieron a las armas en útiles de hogar. En esos años tempranos apareció en Hermosillo mi abuela paterna, doña Bernardina Lucero de Elías, y se ofreció a recogerme. El tío Juan rechazó el ofrecimiento de inmediato. La relación con mi abuela se daría más tarde. Ella me buscó y me miró intensamente, sólo dijo: "Tú y yo tenemos una cuenta pendiente muchacho".

Antes de cumplir los siete años el tío Juan me inscribió en párvulos, ésa fue mi experiencia inicial con las aulas. También fue la primera vez en que se me registró como Plutarco Calles en la Escuela Municipal de Hermosillo. Nunca fui un niño diligente, más bien insumiso. Encabecé las listas de inasistencia y desatención. La verdad, el colegio me aburría pavorosamente. Me interesaban más mis obligaciones en la tienda del tío Juan.

En el changarro, los hombres de los ranchos lejanos se aprovisionaban de todo lo necesario. Me gustaba escuchar a los rancheros; ellos eran la voz del desierto. Me fascinaba oyéndoles relatar la vida en las haciendas distantes. Ellos llegaban en carretas de madera tiradas por cuatro caballos. Viajaban en pares. El que duerme solo en el desierto, no amanece, decían. Los chacales y las serpientes resultaban más previsibles que los yaquis o los filibusteros gringos, que cruzaban la frontera para internarse en las vastas llanuras sonorenses y se llevaban lo que podían: caballos, armas o mujeres. Esas narraciones me parecían entonces más instructivas que la escuela.

Entre sus talentos, el tío Juan tenía el de contador de mentiras. Los embelecos alcanzaban sutilísimas notas de verosimilitud; lo que sabía, lo repetía sin pena alguna; lo que no, lo inventaba. A menudo convocaba a la tía Pepita o a mí mismo y enardecido nos preguntaba:

—Plutarco, dile aquí al señor si no es cierto que en el río hay fantasmas que fueron víctimas de las incursiones de los yaquis.

Yo tenía que replicar de inmediato mi asentimiento con lo que el tío quedaba armado para continuar con sus embustes.

Me hice adicto a pasear por el río entre las huertas de duraznos. Ya cumplidos los diez años, mi rebeldía explotó, mis faltas a la escuela se volvieron sospechosas y el tío Juan decidió investigarlo. En memorable ocasión, de pronto vi la figura del tío Juan emerger de entre los árboles, parecía agitado y gritó:

—Ven Plutarco, ven aquí de inmediato —yo me encontraba en ese momento enseñando a mis primos los placeres del fumar. El tío Juan se percató de que yo sostenía el pitillo entre los dedos para luego llevármelo a los labios y exhalar nubarrones de humo. Ramón y Arnulfo me miraban embelesados.

Fui hasta donde el tío y sin mayor ceremonia me hizo bajar los pantalones y me cruzó las posaderas y la espalda con una vara. Por varios días no me fue posible dormir recostado sobre la espalda; las huellas del castigo eran evidentes. En franca rebeldía me ausenté de las aulas varios días. Regresé a la tienda y a la disciplina del tío Juan. Aprendí de él la necesidad de mantener el orden en las tareas de vivir.

Juan Bautista Calles era espartano, también amiguero y capaz de dispensar el más sincero de los afectos. Él ciertamente fue mi padre, sin embargo, ésa no era mi tribu. Mis tíos fueron los responsables del calor que sentí en el corazón. La sangre que corría por mis venas era de los Elías, ellos eran mi raza.

El destino preparaba nuestro encuentro. La breve aparición de Bernardina, mi abuela paterna, fue el mensaje de estirpe que llegó desde Guaymas.

De regreso a las aulas, mi interés por la cultura general fue despertando gradualmente. También sentí los primeros síntomas de vocación por el magisterio. El tío Juan repetía: "Estudia Plutarco, ése es el futuro de nuestro país".

En esos tiempos de formación conocí el ambiente de vigilia a causa de la epidemia de la fiebre amarilla. En sólo tres meses causó estragos en la población sonorense. El mal llegó a Guaymas en un vapor procedente de Mazatlán. Esa oleada infecciosa fue responsable de terminar la vida de varios pobladores. Tan sólo en Hermosillo se registraron más de doscientas muertes.

A finales de 1892, el profesor López y Sierra nos instó a tomar un curso especial que nos capacitaría para emplearnos en el magisterio. Yo sólo me destaqué en geometría y cálculo, el resto fue un desastre. Aún así, obtuve calificaciones suficientes, con lo que conseguí la boleta de reconocimiento del gobernador Ramón Corral en la ceremonia de fin de cursos. En esos tiempos conocí a quien jugaría un papel preponderante en mi vida futura. Un muchacho delicado y acicalado se me acercó preguntándome:

—¿Usted es de Guaymas?

Respondí afirmativamente. Me preguntó mi nombre; él mencionó llamarse Adolfo de la Huerta. Para entonces ya contaba con quince años.

El único incidente discordante que experimenté con mi madre adoptiva se debió a mi negativa de llevarle unas sillas al señor párroco.

—Plutarco, llévale estas sillas al cura allá en el templo.

—Ay tía, eso sí que no —respondí.

—¿Qué te pasa?, ¿por qué no me obedeces?

—Es que estoy enojado, el cura le anda metiendo las manos a la Manuela, mi amiga.

—¿Y tú cómo lo sabes?

—Yo mismo lo vi, tía, subiendo por la vereda rumbo al templo vi al cura panzón agarrándola por detrás, luego cuando me vio, la soltó. A mí no me dijo nada, sólo me hizo mala cara.

En 1894, ya cumplidos los diecisiete años, se dio una oportunidad para ocupar la plaza de ayudante de profesor en el prestigiado Colegio Sonora, la institución educativa más respetable en el estado. Mi salario inicial sería de treinta pesos y mis alumnos, cuyas edades oscilaban entre los diez y trece años, no parecían ser mucho menores que yo mismo.

Cinco años antes, durante la inauguración del plantel, el gobernador Ramón Corral había pronunciado un discurso que me serviría de antorcha iluminadora. Se refirió a "la fiesta del progreso": una nueva aurora que viene a alumbrar nuestros pasos por el camino de la civilización. Mi vocación por el magisterio se vio acrecentada en esos años de formación académica. Mientras tanto, disfrutaba de los últimos años de la amorosa protección de mi familia adoptiva.

En los tiempos que corrían, un joven ayudante de profesor si era emprendedor, tenía cuatro caminos por seguir: el primero consistía en la búsqueda de un empleo más atractivo o de otra escuela. La burocracia ofrecía la segunda alternativa. Otro medio era la práctica periodística. Finalmente, la más socorrida era la dedicación a las prácticas comerciales de cualquier índole.

A mí, el destino habría de conducirme por todos estos caminos. Recuerdo al tío Juan sentenciándome:

—Plutarco, piedra que rueda no crea musgo.

Nunca imaginó el buen hombre que la providencia habría de conducirme por varios derroteros. Pronto habría de intensificar mis labores en el magisterio. Hice periodismo fugazmente y luego siguieron varios intentos de carácter comercial que fueron dictados por la propia necesidad.

En esos años fui maestro de escuela, comerciante, hotelero y agricultor antes de encauzarme en lo que habría de ser mi participación como activista social y soldado, que terminaría por establecer la ruta final hasta convertirme en jefe de Estado.

Al paso de los años, pensaba a menudo en encontrarme con el querido tío Juan Calles, siempre proverbial, y le diría:

—¿Ya ve? Soy piedra rodante y el Universo me asignó muchas faenas. Ahora levanto la piedra en busca del musgo sentenciado y sólo encuentro el polvo que los vientos del tiempo se han encargado de borrar.

Cumplidos los veinte, llegaron los soplos de la inquietud. Decidí marchar a Guaymas en busca de nuevos horizontes. El encuentro último con mis tíos se dio atrás de la tienda. Mi madre —la tía Pepita— me abrazó conmovida y dijo poco. Sentí el calor húmedo de sus lágrimas que le rodaban por su rostro limpio.

—Ten cuidado, hijo, ten mucho cuidado —me estrujó sin decir palabra, habían transcurrido casi veinte años de mimos y cuidados maternales. Mi tío Juan parecía demudado. Su mirada era triste y sus ojos presentaban el aspecto del llanto contenido. Me estrechó el viejo encantador y amoroso.

—Te voy a extrañar, hijo. Ya no habrá quien sostenga mis mentiras —emocionado, me incluyó nuevamente entre sus brazos. No dijo más nada.

A mis padres adoptivos no los volví a ver. La vida y la Revolución los arrancaron de mi vida. No de mi alma, ahí se instalaron para siempre.

RAPSODIA SEGUNDA

Mi tribu

El regreso a Guaymas me resultó encantador; en cuanto sentí la brisa marina y vi el azul del mar supe que eso era lo mío. No en balde había yo llegado al mundo al amparo de esas estrellas.

Esa misma tarde llegó Bernardina, mi abuela. Me anunció que estuviera listo pues a las cinco, antes de la puesta del sol, pasaría por mí. Cuál sería mi sorpresa al verla aparecer sola dirigiendo una carreta tirada por dos caballos.

—Anda, Plutarco, monta que te llevo al mar y a comernos unas totoabas.

Pude admirar su porte enérgico al manejar con suficiencia la carreta; fuimos hasta los límites de la ciudad sobre una playa larga de olas sinuosas y amplias extensiones de arena.

—Quítate los zapatos, al mar hay que platicarle descalzo. Tú eres hijo de estos litorales y de estas arenas calientes e inhóspitas —ató a los caballos y luego me tomó de la mano conduciéndome hasta donde el agua hace frontera con la arena. Caminamos en silencio por un rato, hasta que ella se detuvo y me miró de frente. La mirada intensa nunca la olvidé. Ella estaba a punto de revelar la esencia de la estirpe que me era propia.

—Plutarco, levanta la cabeza, muchacho. La sangre que traes en las venas es de una tribu brava que se remonta desde lejos. Tus antecesores llegaron de la península Ibérica a principios del siglo XVIII. Entonces sobre España reinaba Felipe V y los Elías embarcaron en busca de nuevos horizontes a la

Nueva España, al oeste mexicano. El verdadero fundador de la familia Elías en Sonora fue don Francisco Elías González de Zayas, originario de la Rioja, provincia de Logroño en España. A partir de ahí se inicia una progenie que ha dado de todo. Dominan los guerreros; los hombres que rentaron sus servicios a la Corona para colonizar el oeste desolado e inhóspito de estas regiones.

„En esos años distantes, los presidiarios estaban destinados a defender los vastos territorios de las invasiones de los indios bárbaros y de los gringos. Hay constancias innumerables de las actuaciones de nuestros parientes que ennoblecen el blasón de nuestra familia. El famosísimo general don José de Urrea y Elías González, cuya audacia y valentía fueron bien probadas en las guerras de Texas; tales cosas parecen leyendas.

„Son muchos, muchacho; me pasaría los días contándote los pormenores de tales proezas. Quiero decirte que la referencia más próxima que debes admirar es la de tu propio abuelo, el coronel José Juan Elías Pérez, mi esposo. José Juan me enamoró de muchacha y luego me desposó, él es el padre de todos mis hijos, incluido tu padre. José Juan fue un patriota y un hombre de un valor incalculable. Él combatió a las fuerzas invasoras que pretendían establecer el imperio en nuestra patria. Fervoroso republicano, vino a morir en el mes de agosto de 1865, doce años antes de que tú nacieras. Él murió en el poblado de Bacoachi, en el Distrito de Arizpe, a consecuencia de las heridas que recibió en la batalla de Cananea viejo, librada en contra de los imperialistas.

„Tu abuelo consiguió escapar herido a caballo y se fue al desierto en busca de unos manantiales donde pudieran atenderlo. Lo encontraron cuatro días después moribundo, y no hubo forma de salvarlo. Por ese motivo, el señor Juárez me concedió una modesta pensión que me ha permitido vivir todos estos años. Él tuvo la bondad de hacerme llegar una carta diciéndome que lo hacía en homenaje a José Juan, tu abuelo, por los servicios prestados a la patria.

Y continuó hablándome:

—Ves, tú, hijo, has regresado al sitio de tu nacimiento. Siente ahora mismo el agua que nos moja los pies y a la que siempre has de regresar cuando sientas desconsuelo.

Insistía en mirarme mientras repetía:

—Aquí, Plutarco, está el secreto de todo. Tu raza, el mar y estas tierras bravas y hermosas que son tu esencia.

Regresamos a los caballos, nuevamente ella tomó las riendas y la emprendió de regreso.

—No juzgues a tu padre —sugirió—. Es un hombre modesto y yo no sé cuáles son sus fantasmas. Qué le atormenta, por qué suele beber tanto. Son esos misterios que les aquejan a los hombres y no hay respuesta concreta. Él es bueno pero débil e inconstante. Cuando yo lo he enfrentado, sólo acusa responderme: "Son mis fantasmas madre, perdóneme, a veces no puedo hacer nada, prefiero tomar y olvidarme".

No dijo más, mientras yo reflexionaba sobre todo lo que había escuchado. Me impresionó mucho la historia de mi abuelo José Juan, yo no sabía nada. Se iniciaba el proceso de mi reintegración al linaje mítico de los Elías, en el estado de Sonora. La raíz de mi sangre quedó asimilada.

Ya en el centro de Guaymas, donde la iluminación moderna me deslumbró, antes de que me apeara de la carreta, mi abuela Bernardina dijo que después hablaríamos más. Empezaba un siglo nuevo y a mí también me aguardaban nuevas experiencias.

43

El amor tempranero

Ella era una joven de veinte años. La miré esbelta, de tez blanca y piel delgada, ojos avellanados y boca atractiva, encuadrados por una melena castaña larga y despreocupada. Los Bonfiglio, migrantes de origen itálico, vivían a sólo una calle de distancia, en la misma manzana de la Avenida Diez en el puerto. Me las ingenié para averiguar su nombre: Josefina Bonfiglio. Su padre, don Humberto, era un hombre amigable y corpulento, un modesto y laborioso empleado. Al principio yo solía visitarla hasta la puerta de su casa, cada día me parecía más atractiva, además en sus ojos percibía un gusto por mi persona; en alguna ocasión llegó a decirme:

—Plutarco, qué guapo te ves con esa camisa blanca —me dio gusto escucharla pues en ese entonces mi inventario de vestuario se componía de dos camisas blancas, dos pantalones, mi levita negra de maestro y un par de corbatines. De ropa interior no hablamos, a veces uno usaba y a veces no. Zapatos de suela delgada servían de barrera a los pies para tolerar el calor de los suelos en esa tórrida región de climas incendiarios.

Le pedí prestada a mi abuela su carreta para pasear con Josefina. Ella aceptó ir conmigo. Ese día se veía encantadora, con un vestido blanco y al lado mío. Fuimos rumbo a la playa, el viento mecía su cabellera haciéndola ver hermosa. Llegamos al mar temprano, todavía el sol no se hundía en el ocaso. Frente al mar corrimos despreocupados, jugando sobre las aguas de poca profundidad. Ella tropezó; al levantarla

entre la espuma, me hice consciente de su silueta hermosa y
sentí un deseo irrefrenable de besarla. Los besos juguetones
con la Manuela en Hermosillo fueron de juego, éstos fueron
de pasión. Fue la primera vez. Salimos del agua y la desnudé
sin que ella se resistiera.

—Hay que poner la ropa a secar —le dije. Entonces ella
me besó sin protestar. Hice el amor por vez primera bajo el
cielo estrellado de Guaymas, mi república de patasalada.

Días después *El correo de Sonora* habría de publicar
unos timoratos sonetos de mi composición. Eran dulzones
y becquerianos:

> Amores, juventud, todo en tu vida
> a la morada oscura bajará.
> Sólo el amor que te juró mi alma,
> sólo ése quedará.

Era el segundo semestre de 1898. Para entonces yo tenía
veintiún años. Josefina aceptó gozosa nuestra relación encantadora, despreocupada y libre. Atravesó por mi cabeza
la idea de casarme con ella. La frecuencia con que solicitaba
la carreta a mi abuela me delató. Pronto don Plutarquito,
mi padre, se enteró. Ellos, los Elías, se las ingeniaron para
enviarme lejos, a las viejas posesiones de la familia. En algún
viaje llevé una carta de mi padre a un amigo en Fronteras,
éste me la enseñó:

> Ahí te mando a este cabrón, hay que entretenerlo porque
> anda enamorado y no quiero que se vaya a casar.

Ésa posiblemente fue la única y decisiva ocasión en que mi
padre Plutarco Elías Lucero habría de influir en mi vida.

Josefina Bonfiglio fue mi amor primero; ella guardaría
para sí hasta su propia muerte el secreto de la paternidad de

su hijo Roberto. Yo era el padre. A ella nunca la volví a ver, casóse con un empleado de la Oficina de Telégrafos y con él procreó cuatro hijos más. Sólo en una ocasión, hasta 1919, ya siendo yo miembro del gabinete del presidente Carranza, me entrevisté con Roberto, el hijo de Josefina. El parecido conmigo era tal que cuando lo encontré nos dimos un abrazo estrecho; era un muchacho modesto y yo le ofrecí entonces conseguirle un mejor empleo. Él decidió guardar tal ofrecimiento para otra ocasión en el futuro, que nunca llegó. No nos volvimos a ver jamás.

Dejé a Josefina atrás y me invadió una gran tristeza. Me sentí inclinado a volver a enviar al periódico otros poemas que reflejaban claramente mi estado:

Los años, en su rápida carrera,
las huellas en tu rostro dejarán.
Y los sueños hermosos de la vida
de ti se alejarán.
Marchito el corazón,
mi vida a un abismo insondable bajará.
La bella juventud con sus ensueños
de ti se alejará.
Las brisas perfumadas y ligeras,
que forman tu embeleso, pasarán.
Y las flores de tu hermoso huerto
muy tristes quedarán.
Mañana, al despertar la nueva aurora,
sobre ruinas tus plantas pisarán.
Y los seres queridos de tu vida
de ti se ausentarán.

RAPSODIA TERCERA

La fiesta del progreso

El torbellino del cambio se hizo presente cuando la vida se acercó al año 1900; tal parece que la presencia del doble cero sirvió de acicate a la marcha. Éste habría de ser un año propicio a la renovación de los ánimos.

En aquel momento era director de planteles educativos en Guaymas. La enseñanza me estimulaba, sentía una vocación simple que me inducía a motivar a la raza para salir de la ignorancia. En estos tiempos, el magisterio me asignó mi primera patria: los libros. Mi paso por las aulas resultó una revelación que habría de acompañarme toda la vida. La observación cercana a los hechos de la vida diaria me hizo aceptar que la fórmula Familia, Educación, Sociedad y Estado era el orden natural de las cosas para construir una nación vigorosa.

Las aproximaciones con mi abuela Bernardina continuaron a intervalos frecuentes. Ella procuró siempre el verme a solas; yo me sentía muy complacido de escucharla. La última vez me dijo:

—Tú, Plutarco, cargas con el mitote de que si eres hijo natural; la simiente son tus padres, pero, por no haber contraído matrimonio religioso, la gente dice que eres hijo natural. Te aseguro que sí lo eres, no eres hijo de caballos. Eres el regalo de la naturaleza a una noche de pasión. ¿Qué más natural quieres? Lo demás, el dicho, el papel, es sólo eso. Tú eres hijo de esos dos y te llamas Plutarco Elías; comprendo el sentido de tu corazón por agregarle Calles. Eso te prueba que eres hijo de buena crianza. Celebro que ahora hayas adoptado tu nombre real.

En esos días habría de firmar en el plantel del cual era director en Hermosillo un documento que signé como Plutarco Elías Calles. Sin embargo, por una confusión siempre se me llamó: el general Calles, el presidente Calles o, simplemente, Calles. Mi tío Juan se hubiera retorcido de honra.

Boda y mortaja del cielo bajan

La vida en Guaymas conservaba en esos días el ritmo del progreso. La llegada de los barcos y las rutas varias del ferrocarril crearon las condiciones para que el puerto progresara y estableciera un margen por delante de Hermosillo. El alumbrado había alcanzado las calles y la vida en las tiernas horas de la noche era grata y alegre bajo los efectos de la nueva iluminación. A diario iba yo a la plaza o al malecón a caminar y a ver a las muchachitas.

Las Chacón iban siempre en bola y se distinguían por bonitas. Mariana, la más chica, era particularmente agraciada. A mí la que me gustaba era Natalia, parecía reservada pero tenía un aire distinguido; además, sus formas se me hicieron muy atractivas. Todas las hermanas tenían una gracia enorme, sumada a la picardía adusta de las mujeres del noroeste.

—No pierdas tu tiempo Plutarco —dijo Dworak, el inspector general de escuelas y amigo mío—. Tengo entendido que las Chacón son muy fufurufas.

—A ver cómo le hago, pero yo la consigo.

Ella parecía la matrona irreprochable que yo deseaba por esposa. Ya habían pasado varias semanas y la idea la traía yo fija, sentía deseos de casarme y empezar mi propia familia. El recuerdo de la Bonfiglio me probó que yo deseaba una mujer a mi lado.

Busqué la asistencia de un amigo mutuo y me hice presentar en la casa de don Andrés Chacón, que era funcionario de la aduana, residente en Guaymas desde hacía seis años. La familia provenía de Mazatlán, de donde eran oriundos. Las Chacón, hijas de don Andrés, sumaban siete. Natalia era de las de en medio.

Al principio sólo me fue permitido visitarla en la puerta de su casa. Por la noche yo me refrescaba, me pulía los zapatos y me presentaba hasta el zaguán donde Natalia salía a platicar conmigo. De ahí siguió el que me invitara a pasar a la casa. Yo me sentaba frente a ella en una silla mientras el tráfico de ojos pasaba las inspecciones de rigor. Al fin me decidí: le pedí la mano de su hija a don Andrés y así comenzó el regateo. Natalia era la joya de la corona y don Andrés se resistía argumentando los padecimientos asmáticos de ella, así como mi inmadurez y pocos ingresos. Yo contesté impertérrito:

—No se preocupe, don Andrés, que a su hija no le faltará nada.

Mi empeño y la alcahuetería de mis cuñadas dio resultado: don Andrés me cedió a Natalia Chacón y en agosto de 1899 se celebró la boda. Vino mucha raza. Me confortó particularmente la presencia de mi abuela Bernardina, el blasón cariñoso de mi tribu.

Mi amigo Dworak contrató a una tambora para encariñar la fiesta. Don Andrés insistió en ponerse saco y chaleco; ya para la tarde estaba hecho una sopa, el sudor le escurría por todas partes. Yo a la hora de firmar me puse la levita negra de maestro. Después me la quité porque ya había comenzado la bailada.

Una semana antes el tío Juan Bautista Calles me había hecho llegar por ferrocarril unos barrilitos de bacanora y una carta que me solicitaba abrir hasta el mismísimo día del guateque. Después de la fiesta, a solas con Natalia, abrí la misiva que me envió el tío Juan desde Hermosillo:

Querido Plutarco, tu tía Pepita y yo te deseamos gran felicidad; transmítele a tu esposa Natalia nuestra muy afectuosa felicitación. Espero que el pisto que te envío sirva para calentar las gargantas. Te queremos mucho, hijo. Esto no es mentira.

Natalia me daría once hijos. Pienso que los veranos tórridos de Sonora fueron en parte responsables; también he de aceptar que las piernas de Natalia fueron cómplices.

Y así, estrenado el año de 1900, nació mi primogénito: Rodolfo.

La rutina de una vida llena de carencias me probó en poco tiempo la insuficiencia de mi salario. Cien pesos al mes no alcanzaban para nada. Ante la perspectiva de continuar con tan bajos recursos, me vi obligado a renunciar a la dirección de los planteles escolares. Así las cosas, presenté mi dimisión formal ante el propio gobernador y, aún lamentándolo, me retiré en busca de actividades mejor remuneradas.

Arturo Elías Malvido era mi medio hermano, él había estado haciendo pininos en el Servicio Exterior y por ello colaboraba con los cónsules mexicanos a lo largo de la frontera. Él me instó a que rentásemos una vieja casa guaymense, que restauraríamos hasta convertirla en un hotel de estándares estadounidenses para los viajeros de la ciudad. Arturo contrató a un chef internacional que no sólo era responsable de los buenos menús, sino también de las traducciones con los clientes de origen extranjero que solían reunirse ahí.

El California tendría cómodas habitaciones, baños con agua corriente y además una cocina que alcanzaría prestigio pese a su breve existencia.

Hicimos arreglos con las líneas navieras así como con el ferrocarril para poder expedir boletos a cambio de una comisión. En esos tiempos, sin otro empleo, asumí las tareas de administrar el hotel en lo que sería mi primera experiencia comercial después del magisterio. Habría otras. Una cadena de desatinos siguieron, llegué a pensar que no enderezaría la nave. Para entonces ya iba yo en dos hijos.

Plutarco, mi segundo hijo, llegó al mundo y Natalia me aseguró que esta nueva felicidad venía acompañada de fortuna.

—Más te vale, porque ya urge.

El California fue inaugurado en enero de 1902. No escatimamos esfuerzo para convertir el hotel en el mejor establecimiento del ramo. Nunca antes había yo lucido tan acicalado. A diario me planchaban las camisas con cuello almidonado y así impresionaba a los huéspedes viajeros. Entusiasmados por el éxito, decidimos diversificar los servicios y vender la leña que procedía de los pueblos indios de Tórin y Cócorit, de gran demanda por sus cualidades altamente combustibles.

Una infausta noche la leña depositada en la bodega que colindaba con el hotel se prendió. La lumbre envolvió las instalaciones en minutos. La pira gigantesca iluminó de carmesí el cielo guaymense. A la mañana siguiente, el California era sólo un montón de cenizas. Aunque el seguro pagó una parte del desastre, perdimos el negocio.

El adiós a mi abuela

El año 1902, ya sin el doble cero que había resultado auspicioso, se tornó para mí en un año negro. Primero, mi abuela Bernardina, que había sido tan decisiva en el último tiempo de mi vida, murió a los setenta y nueve años.

—Me voy, Plutarco —dijo cansada—. Me voy a reunir con tu abuelo José Juan. Ya acabé de estar. Te he legado la titularidad de unos terrenos vastos en el Norte y, aunque desérticos, algún provecho han de arrimarte.

Bernardina Lucero expiró tranquila en mi presencia y me hizo sentir en ese momento muy consciente de mi linaje.

Cuando ya estaba yo en el poder, mis detractores insistían en señalarme como de origen turco o del Medio Oriente. Cuando eso sucedía, siempre me sentí honrado de mis orígenes, no en balde transcurrieron doscientos años desde que los Elías embarcaron desde Cádiz en el Reino Ibérico, para venir a la Nueva España.

En noviembre del mismo año nació mi hija Bernardina. Sólo unos pocos días después, murió de misteriosa dolencia. Era evidente que ese año no había sido el de las Bernardinas. Seguramente Saturno tenía una posición desfavorable en el ajedrez mágico de los astros. Eso me habría dicho "La Buki", si ya nos hubiéramos conocido.

56

Tres mil hectáreas de puro polvo

Llegó el momento de emprenderla aún más hacia el Norte. Ya rozábamos la cola de los gringos. Antes de mi partida vino a visitarme mi viejo amigo, el profesor Dworak, quien hizo un nuevo intento para convencerme de permanecer en las filas del magisterio.

—No amigo —le dije—, aunque amo el magisterio, cien pesos no me alcanzan ni para la botica —la prole ya era de tres y me urgía buscar el *lonche* por otros lados.

Él entonces me obsequió un libro que habría de quedarse conmigo para siempre. *Las vidas paralelas*, de Plutarco, nada menos.

Hicimos el viaje en tren durante un buen tramo; después contratamos una carreta tirada por cuatro caballos y nos unimos a una caravana de quince o veinte que cruzarían parte del desierto rumbo a los destinos del norte que carecían de conexiones ferroviarias. Aquel viaje resultó encantador. Con Natalia y los muchachitos nos pusimos en marcha y atravesamos extensiones vírgenes donde la naturaleza aún reinaba sobre la voluntad de los hombres.

Para cruzar los ríos, se subían las carretas en pangas y los animales cruzaban a nado; ya por las noches se hacían campamentos disponiendo los transportes en formaciones adecuadas para nuestra seguridad; los hombres hacíamos guardia en previsión a los ataques sorpresivos de los yaquis, que solían ser frecuentes.

El territorio de Sonora, de aproximadamente cien mil kilómetros cuadrados, es el segundo más importante del país; la superficie la contienen extensas llanuras dentro de dos grandes formaciones geomorfológicas entre la Sierra Madre Occidental y la Llanura Costera frente al Golfo de California. El de Altar es el gran desierto de Sonora.

En esos tiempos, la colonización anglosajona del oeste americano empujaba a las tribus apaches hacia nuestros dominios. Se estableció una guerra encarnizada entre las hordas de bárbaros que asumían su derecho natural para ocupar las tierras que ellos concebían como propias. Por ese motivo las incursiones se daban con frecuencia y había que defenderse.

En esa travesía no se dieron mayores incidentes. En alguna tarde de suerte pude advertir sobre una loma la figura lejana de un venado, jalé la 30/30 que tenía a la mano y le apunté cuidadosamente; el animal parecía distraído y no se percató hasta sentir el certero balazo que lo derrumbó. A mí, la destreza con la cabalgadura, apenas, centauro nunca fui; en cambio, la carabina se me dio bien, mis disparos habrían de salvarme la vida en varias ocasiones. Esa noche en el desierto sonorense la carne desollada fue cocida entre las brasas y todos los viajeros compartimos la ocasión. Después, tumbados sobre las mantas, gozamos de los cielos plenos de estrellas luminosas.

Al espíritu le va bien
dar audiencia a los recuerdos

El legado de mi abuela era de tres mil hectáreas cerca de la frontera. Esta propiedad era parte de las grandes extensiones con que la familia Elías había sido compensada por sus servicios a la Nueva España. Cuando llegamos al fundo, Santa Rosa parecía una llanura sin fin y sólo frontera para los ojos. Cactus repartidos y por ningún lado se apreciaba árbol alguno.

—Y aquí, ¿qué vamos a hacer, Plutarco? —preguntó Natalia.

Mi tío Rafael, con experiencia sobre aquellos desolados parajes, habría de convertirse en nuestro guía para iniciar una labranza moderada, con lo que iniciaríamos la explotación de nuestro rancho que era la nueva ilusión. En un punto determinado, construimos una vivienda cómoda, pero ciertamente rústica, que carecía de las conveniencias más comunes en los pueblos. La población más cercana estaba a cuarenta kilómetros de distancia. Era Fronteras, un poblado de más o menos mil habitantes situado en el límite del territorio vecino de Estados Unidos.

—¿Qué es eso? —preguntó Natalia.

—No te preocupes, mujer, imagina que Fronteras es el París del desierto —ella sonrió amargamente y sólo dijo:

—¿Allá hay botica?

Mis tíos, Manuel y Rafael, me guiaron en las tareas agrícolas de las que yo poco sabía. Las siembras de papa, trigo y garbanzo resultaron atractivas en función de la poca agua disponible en el pozo que habíamos hecho. Además me hice de algunos animales para establecer un pequeño negocio de ordeña que reforzara la incipiente agricultura. Teníamos dos parejas de yaquis mansos que nos ayudaban a las labores del día. En consideración a la distancia, tuve que aprender de libros prácticos acerca de emergencias médicas; tal cosa probaría pronto sus bondades.

Yo me trasladaba hasta Fronteras una vez cada cuatro o cinco semanas. Compraba piloncillo, petróleo para el quinqué, granos, manteca, otros comestibles y algunos medicamentos por aquello del quién sabe. La vida en Santa Rosa resultó interesante, la comunión a diario con el desierto creó alrededor nuestro un espacio de silencio, cualidad de sentimiento espiritual que nunca olvidé.

Mientras yo me encontraba en Fronteras para realizar el aprovisionamiento, en la casa de Santa Rosa nació Hortensia, la cuarta entre mis hijos, que vino al mundo cuando Natalia estaba acompañada sólo por una hermana menor. Mi mujer dirigió la maniobra y se dio el parto de una niña ochomesina. Cuando arribé al rancho, Natalia lucía cansada, pero radiante.

—Plutarco, ven a conocer a "La vinosola".

Así, de buena suerte, me encontré con la criatura que estaba destinada a ser un sol en mi vida futura.

La hacienda de Santa Rosa reveló ser difícilmente costeable. Las siembras apenas generaban lo suficiente para comer y más nada. Además, Santa Rosa tenía reservados algunos incidentes que no fueron necesariamente agradables. He de contarles.

Mis viajes a Fronteras cobraron importancia; la población había crecido significativamente y yo investigaba en forma constante opciones para mejorar mi hacienda. Conocí a don Tomás Álvarez, que era el propietario de la cantina La Bella Unión. Ahí iba yo a fumar tabaco, tomar algunos tragos sabatinos y jugar a los naipes y al billar. Algún sábado excedí mi estadía en la cantina y la emprendí de regreso ya con pobre luz.

A dos horas de camino creí ver la figura de dos hombres a caballo que galopaban a distancia, los movimientos que hicieron me convencieron que se trataba de yaquis.

Yo cargaba con la carabina en la carreta, decidí detenerme y bajé para colocarme sobre el piso y defenderme. Mis caballos estaban nerviosos y yo apenas los sostenía con una cuerda. El primer disparo lo escuché pasar por encima de nuestras cabezas, ellos se aproximaban galopando a velocidad mientras que gritaban exaltados. Disparé varias veces sin conseguir resultados; fue en la segunda aproximación que di en el blanco, cayó uno de ellos con todo y caballo; seguí disparando. Por algunos momentos lo consideré muerto; no fue así. El segundo jinete regresó por el compañero herido y se lo llevó en ancas. De nueva cuenta al galope se retiraron. Me sentí aliviado pues ya sólo me quedaban cuatro balas.

Al regresar a mis caballos, lamentablemente vi que uno de ellos había sido herido y me vi obligado a liquidarlo para evitarle sufrimiento.

Regresé a Santa Rosa y al percatarse los vaqueros de la casa de la falta de un caballo, presumieron lo inevitable. Se había dado mi primer encuentro con los yaquis. Habría muchos más.

La vida en Santa Rosa resultó dura, si bien útil en cuanto a la formación del carácter se refiere; en lo demás, empezaba a parecerme muy difícil para Natalia y la prole. Ella además daba muestras de los problemas asmáticos que don Andrés Chacón me había advertido. Daba señas de enfrentamientos con el clima seco desértico. La lectura de los manuales de medicina que yo adquirí apenas servían para darle consuelo.

El suceso que habría de probar la bondad del médico aficionado se presentó al regreso de uno de mis viajes. Me encontré con un trabajador que enfrentaba una gravísima infección en una pierna a todas luces en proceso de gangrena. Su mujer me pidió ayuda desesperadamente; no había tiempo para regresar hasta Fronteras, yo les expliqué del riesgo y aún así el yaqui me pidió que hiciera lo que fuera necesario.

Armado de las herramientas primitivas que teníamos pasadas al fuego, agua caliente y algunos medicamentos menores, procedimos a la amputación. La esposa del indígena y Natalia me auxiliaron y le cortamos al hombre la pierna a la altura de la rodilla. Antes lo hice tomar un litro de bacanora que aparentemente lo dejó en condiciones razonables de soportar el horrible dolor. Cauterizamos sus heridas y al día siguiente lo llevé hasta Fronteras, donde le salvaron la vida.

El buen hombre se recuperó y años más tarde, cuando fui gobernador, me fue a saludar. Esa acción me dejó muy satisfecho y me probó la necesidad de aprender a actuar dentro de los tiempos que demandan las cosas.

La labranza de Santa Rosa resultó incosteable. La vida espartana, excesiva.

Fronteras, el París del desierto

A una semana de haber llegado, comprobé que se trataba de un pequeño pueblo instalado en la frontera y con una vecindad de algunos kilómetros con las nuevas explotaciones minerales en Cananea. La población había crecido al punto de algunos miles de moradores.

Natalia encontró catorce boticas y otros tantos establecimientos que vendían víveres. Además, había una tienda donde llegaban mercancías femeninas a las que se hizo aficionada.

—Ahora sí te lo creo —me dijo resignada—, Fronteras es el París del desierto.

Un gringo con suerte

A mi rescate vivencial llegó un gringo que respondía al nombre de Santiago Smithers; yo ya lo conocía desde Guaymas, donde tenía algunos negocios. Smithers había posado los ojos sobre Fronteras, creía vislumbrar un futuro prometedor y, además, se había enamorado de Lolita, la joven hija de don Miguel López Figueroa, quien había sido presidente municipal del pueblo.

El gringo me propuso que lleváramos a cabo una asociación que nos permitiera la siembra de trigo y fabricáramos harina para venderla en la zona.

Yo nuevamente me encontraba desempleado. La lectura de *Las vidas paralelas* no me había servido más que para llenar las horas vacías de la noche. La urgente necesidad de alimentar a mi prole me hizo convenir con Smithers toda la armazón del molino Excélsior, del que yo habría de convertirme en administrador.

El molino resultó productivo, todo marchaba promisoriamente, excepto que, para operar, requeríamos de una dotación que resultaba excesiva para la población.

Se desataron problemas de inmediato, legiones de agricultores protestaron por la cuota del líquido que se nos asignó gracias a las influencias que Smithers tenía con su suegro. Mientras tanto, por la vía de mis parientes, yo establecí una relación sólida con don José Gómez Meza, que era la parte opositora a las relaciones políticas de Smithers. Don José hizo buena amistad conmigo, yo a mi vez lo hice con su hija

Rosario. La Chayito Gómez Meza había sido pretendida por los elegantones del pueblo y al fin se casó con un joven conocido en la comarca. Él se ausentaba a menudo; la encantadora Rosario se quedaba sola y ayudaba a don José a atender la tienda de artículos generales que manejaban en el pueblo.

Mis experiencias en el changarro del tío Juan siempre me acercaban a los negocios similares y la frecuencia de mis visitas a los Gómez Meza se hizo más intensa. Ya casada Rosario, la relación se hizo aún más amigable y yo solía acompañarla por las noches a hacer encargos por el pueblo. Pronto discurrí los caminos que nos llevarían atrás de las bodegas, donde yo aprovechaba para besarla.

Ante el intempestivo regreso de don José a su casa, me vi obligado a saltar por la ventana de atrás, habiendo dejado olvidado, en la habitación, un guante que me delataba. Rosario estaba comprometida en un matrimonio formal. Yo también.

Mi prole entonces era de cuatro y ya íbamos camino al quinto. Don José nunca me perdonó por ello y a partir de aquel incidente habría de presentarme toda clase de obstáculos en el trabajo.

Nuevamente el espectro de un esfuerzo fallido se asomaba; el molino operaba con éxito, pero las dificultades para trabajar en la zona se habían multiplicado. El ciclo de vida en Fronteras repentinamente pareció destinado a concluirse.

Aparece el señor Madero

Por los rumbos de Guaymas se difundió la noticia de que el coahuilense Francisco I. Madero, el señor Madero, como seguiríamos llamándolo en el futuro, el candidato presidencial independiente que se oponía a don Porfirio, aparecería por las tierras de Sonora. Era su campaña inicial destinada a convencer a la raza de que era posible lograr el relevo de la autoridad suprema en el país siempre y cuando se contara con la voluntad del pueblo.

El señor Madero era un hombre limpio que, aunque parecía *fifí*, tenía un ideario que nos pareció lleno de vigor. Visitó las principales ciudades del estado a pesar de las hostilidades que las autoridades porfiristas le manifestaron.

En Sonora, la oposición apenas se organizaba; en ese año José María Maytorena encabezaba lo que fue después catalogado como la "oposición romántica". Maytorena era un hombre pudiente en el estado; poseedor de grandes extensiones agrícolas productivas, fue además un claro oportunista. Él comandaba a un grupo de jóvenes inquietos por la política y que incluía a Adolfo de la Huerta, mi antiguo discípulo en la escuela de Hermosillo.

Decidimos regresar a Guaymas, cuya prosperidad era evidente. El gringo Smithers estuvo de acuerdo conmigo en que formaríamos de nuevo una sociedad comercial; francamente los dos sólo teníamos la inquietud de mantenernos en el mundo de las necesidades: la revolución era, entonces, tarea de otros; la nuestra: arrimar la papa a la familia.

Atrás dejamos para siempre los altercados y las dificultades generadas por la explotación de un puñado de tierras. En el pasado quedaba entonces la herencia disminuida de la que me notificó la abuela Bernardina.

En aras de atender el nuevo reto, decidí enviar a Natalia y a mis hijos hasta Nogales para refugiarse ahí con don Andrés Chacón. Mientras, yo habría de dedicarme a enfrentar mi nueva vida.

Elías, Smithers & Compañía

Si se cuenta con una prole numerosa, y la mía lo era, no hay mucho espacio para las ideas románticas. Yo le dije al gringo Smithers que era vital que nos apli-cásemos a la nueva empresa; las obligaciones familiares eran para entonces inaplazables.

Desde Nogales, Natalia me hacía llegar mensajes:

Estamos bien Plutarco, pero no podemos seguir aquí en casa de mi papá en calidad de arrimados persistentes.

Había que redoblar esfuerzos. A diario se publicaban nues-tros anuncios en los diarios del puerto. El comercio de gra-nos y semillas fue el giro que adoptamos para operar en Guaymas. Requeríamos trigo para fabricar harina, era el primordial objetivo de nuestro comercio.

Desde la capital de la República nos llegaban las noti-cias políticas nacientes. Hablaban de la derrota sufrida por el señor Madero en las elecciones presidenciales del verano. Él solicitó al Congreso el desconocimiento de los comicios y abogaba por el retiro del régimen porfirista que buscaba perpetuarse después de treinta años en el poder.

Nosotros, los sonorenses, más ocupados en la coloni-zación y progreso de nuestras vastas regiones, apenas está-bamos conscientes de las realidades políticas de la patria. Sin embargo, es un hecho que los clubes antirreeleccionistas se habían multiplicado.

68

Yo, desde mis experiencias en el magisterio, me había interesado en las publicaciones magonistas que constituyeron en su tiempo el órgano informativo que planteaba la inquietud social de las conciencias más avanzadas.

Eventualmente, el local que ocupaba nuestro negocio en el puerto se volvió sede frecuente de maderistas que, tarde a tarde, se juntaban a cafetear las incidencias que el telégrafo se encargaba de diseminar.

A mí, desde el retiro de la dirección de los planteles escolares, parecía que la suerte me evadía.

Modesta fortuna me sonrió en mis efímeras empresas de los tiempos recientes. El hotel California, Santa Rosa y el molino Excélsior nomás no prendieron. La única llama que se encendió fue la del hotel, que yo llegué a creer que sería la salvación de mi bolsa. En vez, me dejó más piojo.

—Ése es el lote que te tocó —habría de decir la sibila—, no hay humano que no atraviese pantanos cenagosos. El esfuerzo ha de preceder al mérito. Luego la vida contesta.

Presunción de revuelta

El señor Madero había sido catalogado como agitador peligroso y con ello desatado las fuerzas conservadoras del centro del país; además, como ya es bien conocido, el clero se posiciona siempre detrás de los ricos. No sólo eso, el señor Madero era espiritista y se decía que no era un católico convencional.

Madero fue aprehendido en Monterrey por las autoridades de la dictadura y trasladado hasta San Luis Potosí. Dos días después nos enteramos de que se había logrado escapar.

—Te digo, Plutarco, que el chapito es bravo. Más bragado de lo que se mira —decían los corrillos de la raza en el puerto.

La difusión del Plan de San Luis, el manifiesto maderista, se dio en forma acelerada. Él hizo un claro llamamiento a las armas programado en la fecha que habría de convertirse en el inicio de la Revolución. Ésa fue la del 20 de noviembre de 1910. La proclama nacional indicaba con detalle los objetivos, incluidos la renuncia de don Porfirio y su retiro forzoso del país. El embrollo estaba en marcha.

En Guaymas la efervescencia crecía con los días; también la inquietud de mi socio.

—Plutarco, yo creo que la situación no es buena para negocios. Desde que empezó este barullo, vamos siempre pa'bajo —el gringo se mostraba preocupado. Yo francamente me rebelé a la idea de volver a fallar.

—No podemos fracasar, Smithers —le dije—, yo tengo camada grande, hay que arrimar el *lonche*.

—También tú —dijo socarrón—. Controla tus ardores Plutarco, pareces venado en brama —luego rio de buena gana.

Había que mejorar mi sustento. Me dije: "No más piojo".

Don Ramón era mi lustrador de calzado habitual en el malecón. Ese día dijo:

—Cómo ve, maestro, esto del barullo que traen; si siguen así las cosas habrá pum-pum.

Mientras decía esto, imitaba una pistola con su mano curtida y las uñas prietas de betún. Asentí, pronto se iniciarían las hostilidades y el pum-pum se volvió el rumor violento que le dio la tónica insurgente a los meses agónicos de otoño. Harto pum-pum habría yo de atender en los años prontos por llegar.

Ganó Madero

Llegó finalmente el 20 de noviembre y el señor Madero, que seguía en la frontera, tuvo que reconocer que aún no se lograba el descontento nacional: la rebelión que se requería para derrumbar el poder del gobierno porfirista. México era entonces una nación de quince millones.

Madero previó la necesidad de reforzar su rebelión y utilizó como garante el patrimonio del abuelo para comprar armamento militar de los gringos, mismo que canalizó inmediatamente hacia el sur. Había que armarse.

Después habría que pagar el costo y Madero, como presidente, utilizó dinero del erario para cubrir los abonos del crédito. Las críticas por esto fueron severas. Seguro pensó que nunca hay que hacer cosas buenas que parezcan malas.

En el país, los brotes rebeldes se dieron aislados. En el noreste Pascual Orozco, el guerrero rural, junto con Francisco Villa, constituían la naciente División del Norte. En el sur, el zapatismo se lanzó a la refriega. Los elegantones, los hacendados ricos de siempre, plantaron vías férreas para darle acceso a sus jugosas cosechas cañeras. Como es bien sabido, se hicieron de derechos y privilegios para explotar a la población campesina. No sólo las pagas resultaban insuficientes; el comercio y la usura eran habituales. A más entendimiento, el derecho natural de pernada estaba incluido en el código de honor de los ricos hacendados.

En Morelos, los terratenientes tuvieron que enfrentarse a la realidad del vigor revolucionario de Emiliano Zapata, impulsado por ideales que, si bien rústicos y elementales, tenían la fuerza de la razón. Los veranos tranquilos en las hermosas haciendas de Morelos se acabaron.

Zapata demandó los papeles que le dieran dueño a la tierra. Lo demás fue exigir justicia a las normas de vida que requerían los mexicanos que vivían en esos climas amables de tierras generosas.

Además, le dio a la propuesta un vigor inusitado. La demanda no sólo era de contenido político. Era una llamada de acción inmediata.

Así se generó la inconformidad; Madero no le dio lo que pedía y por ello Emiliano se le volteó.

Para Zapata, la tierra fue su religión. No la Revolución.

Se va don Porfirio, se va

Ante el reconocimiento del triunfo de la causa maderista, don Porfirio aceptó que el ciclo se había ce-
rrado y firmó su renuncia. Él mismo pidió que se
le permitiera retirarse hasta París, en el continente europeo.

Desde el puerto de Veracruz zarpó "El Ipiranga". A bordo conducía a Porfirio Díaz y su familia hasta destinos lejanos.
El héroe cansado y triste vio la costa de su patria alejarse del
alcance de sus ojos. No regresaría nunca. Murió en la Ciudad
Luz de su adopción, desde entonces el suelo francés lo cobijó.

Ahora que me encuentro redactando estas memorias,
medito acerca de los pensamientos que hubieron de atormen-
tar la conciencia de don Porfirio. Él había sido un mexicano
distinguido y patriota; sin embargo, una estadía en exceso al
frente de la sede del poder y el vigor de la renovación revolucionaria lo derrotaron.

Yo me encontraba en el puerto guaymense haciendo
por la vida, y el destino estaba muy distante de revelarme
que yo mismo, veinticinco años después, sufriría un episodio
similar. Retirarme del suelo amado fue un gran sacrificio,
pero evitó que la patria se ensangrentara aún más.

Pienso que los hombres de la Revolución hemos errado
al oponernos sistemáticamente a que los restos del general
Díaz, sin duda un mexicano distinguido, puedan reposar en
suelo patrio. Resulta inaceptable que por diferencias políticas la nación tenga que repudiar el que los despojos de Díaz
se alojen en lo que debe ser su morada eterna.

El maderismo entra en Sonora

Francisco de P. Morales presidió la entrada de los maderistas a Hermosillo. Ya en plena celebración, arribó Maytorena. Las alianzas de grupos diversos se afianzaron y el espectro político fue objeto de los nuevos liderazgos, que incluyeron los revanchismos personales.

Yo seguía viendo difícil el entorno que permitiera el ejercicio de las actividades comerciales. Por el contrario, vislumbré claramente que las condiciones locales alteradas por el espíritu de la Revolución naciente hacían que los negocios se vieran más complicados. Nuevamente se me acercó el gringo Smithers:

—Ay, Plutarco, si no es por esto, es por aquello, pero se me hace que mejor nos regresamos a la frontera porque aquí están muy distraídos, la boruca nos impide trabajar. Yo he venido analizando bien la figura del señor Madero, ya sé todo de él; estudió comercio en mi país, en Baltimore, y luego fue a aprender de los franceses en Versalles. Terminó sus estudios americanos en San Francisco; la verdad, no te enojes, pero déjame decirte que creo que el señor Madero no va a llegar lejos. Él parece ser buena persona y su oferta política es generosa; sin embargo, yo lo veo pequeño ante el reto, me parece un hombre lleno de buenas intenciones pero débil, y la mera verdad aquí se necesitan líderes más fuertes. Este buen hombre parece santo y no sé cómo le hará para manejar tu país, que está lleno de cabrones.

Con Maytorena llegó a Guaymas mi anterior discípulo Adolfo de la Huerta. Él era presidente del maytorenismo en

75

la plaza. Aprovechando mi amistad con Fito le hablé claro y le solicité que intercediera para que yo pudiera obtener la comisaría de Agua Prieta en la frontera. Él me respondió que no comprendía mi interés, que se trataba de un pueblo de mala muerte. Sugirió que considerara alguna otra situación, incluso mencionó la posibilidad de que participara en las elecciones para el Congreso local. Decliné el ofrecimiento a sabiendas de que mi ascendente político en el puerto era modesto. El nombre de mi familia era conocido, pero yo sólo había sido un maestro con responsabilidades moderadas.

De la Huerta hizo lo necesario y logró convencer al gobernador para que yo fuese nombrado comisario en Agua Prieta.

Estaba convencido de que ese nombramiento facilitaría mis relaciones, en general, para concretar una empresa comercial que me permitiese conseguir el presupuesto suficiente para solventar mis gastos.

Agua Prieta, de nombre y cielo opacos, sólo existía porque del lado gringo, en Douglas, Arizona, había dos fundidoras de metales. El tráfico de los materiales mineros de Nacozari era por el ferrocarril vía Agua Prieta hasta Douglas. Por esa razón ese pueblo fronterizo y distante cobró importancia. La población global de la zona posiblemente era de tres mil gentes. La influencia gringa en todo el trazo de la ciudad era evidente, con sus calles simétricas de nombres alfabéticos o numéricos.

A mi arribo en Agua Prieta, el gringo Smithers de inmediato se hizo a la tarea de buscar un local adecuado para la tienda-cantina que habríamos de abrir. La experiencia de mis labores en la tienda del tío Juan, en Hermosillo, me hizo proclive a las actividades del comercio. Ahí, intentaríamos iniciar la venta de bienes y víveres en general para la población, además se nos incorporó un nuevo socio que facilitaría las tareas.

El gobernador Maytorena insistió en señalarme que mis nuevas obligaciones consistirían, fundamentalmente, en un comisariado de policía, cuyas obligaciones incluían el cumplir y hacer cumplir las leyes que nos serían comunicadas por el prefecto de Arizpe. Habríamos de cuidar la tranquilidad y vigilar por el mantenimiento de las buenas costumbres y la seguridad de los habitantes.

En resumen, se me daban facultades amplias que resultaban, en lo político, más importantes que otras posiciones burocráticas relacionadas con la seguridad y el orden.

Pude rescatar a la familia de la residencia de mi suegro en Nogales y así se trasladaron a la frontera, donde ocuparon una casa que, aunque modesta, contaba con instalación eléctrica y sanitaria. El clima seco y frío de la zona fronteriza en los largos inviernos requería de una protección casera suficiente. Afortunadamente la vivienda que conseguí cumplió esa condición.

La necesidad de buscar distracción a las largas jornadas de trabajo me hizo dar con el restaurante más celebrado del lugar, el Curio Café. Este local probaría sus ventajas, pues me refugié incontables veces del clima y el trabajo demandante para poder quemar tabacos y jugar al billar.

La propietaria resultó ser una americana que se llamaba Alice Gatliff, oriunda de Arizona, que se había instalado ahí desde hacía años. Una mujer mayor que me prodigó siempre cuidados y afectos casi maternales. Ella era un crisol de simpatías y procuraba inyectarme optimismo a raudales; llegó a decirme en alguna ocasión que tenía interés en que conociera a Dolores Riordan, a quien le decían "La Buki"; me relató la historia de esta mujer que había hecho su vida junto a los yaquis y se casó con uno de los jefes de la tribu que luego se volvió manso. Dijo que era una sibila con poderes de adivinación muy desarrollados, me sugirió que la buscase, pues podría serme útil para interpretar mis designios, que a doña Alice le parecían inquietantes.

En aquel tiempo, los rumores de levantamientos en la zona se hicieron frecuentes. Yo temí el espectro de la insubordinación. Solicité del gobernador Maytorena refuerzo de efectivos para enfrentar la amenaza constante. De ocurrir la rebelión, podríamos perder el dominio sobre la plaza.

El gobernador del estado se dijo impresionado favorablemente conmigo. Mencionó a secas que yo no era hablador; que concluía las tareas que se convenían. Así se inició la que habría de ser mi larga carrera como servidor del Estado.

De nueva cuenta apareció Santiago Smithers y fue él quien sugirió un nuevo cambio:

—Plutarco, ya no es culpa de la Revolución, eres tú el que dificulta las cosas, ahora eres trabajador del gobierno, más te vale olvidarte de los negocios.

Pronto aprendí que las expectativas acerca de la labor de un hombre público parecían tener una tónica perpetua de veracidad y justicia. La honestidad sería una obligación y no una virtud.

Los acontecimientos en Agua Prieta vendrían ahora en cascada en lo que sería un torrente de sucesos inesperados.

RAPSODIA CUARTA

Kermés de los chaqueteros

Pascual Orozco y Francisco Villa derrotaron a las fuerzas federales y ocuparon Ciudad Juárez. Francisco I. Madero presenció con enorme satisfacción esa gran victoria, tal cosa lo legitimó en el terreno militar.

Pascual Orozco era un hombre interesante y un guerrero rural de gran fuerza. En el primer momento se puso de parte de Madero y, junto con Villa, combatió a las tropas gobiernistas hasta apoderarse de Ciudad Juárez, en Chihuahua.

Orozco, ya triunfador, se cambió de chaqueta. Los ricos terratenientes de Chihuahua, Creel y Terrazas, lo alentaron contra el gobierno de Madero al que él mismo había ayudado a triunfar. Ahora se levantó para combatir al Estado y se inició el lenguaje de las balas que habría de imponer su ley en las vidas de todos nosotros.

Yo seguía en Agua Prieta; la comisaría me tenía inmerso en la organización de las tareas del orden y la seguridad pública, la supervisión de la aduana y la relación con los gabachos del otro lado.

Como suele ocurrir, el rencor de los paisanos se hizo presente. En Agua Prieta, presencié la inquina constante que me dedicaron algunos cónsules de nuestro país en la frontera: sin ningún motivo especial desataron maniobras de todo calibre para convencer al entonces gobernador Maytorena, en el nombre de supuestas acciones de que me destituyera del manejo de la comisaría.

Era ridícula la ambición sobre mi cargo, tan aparentemente intrascendente, en aquel destino de la frontera nacional. Para mí resultaba en primera instancia una ventaja de carácter práctico, pues me hice de relaciones que resultarían útiles para la prosperidad de mi tienda-cantina en la plaza. Además, logré establecer a mi familia en una vivienda que me permitió convivir con ellos. A mi prole, siempre creciente, había que arrimarle el chivo.

Así, mientras se acercaba el dialecto de las balas, yo era comisario de Agua Prieta y al mismo tiempo socio de Smithers & Fuentes. Las responsabilidades de la vida había que agarrarlas por día, lo demás, se daría después.

Me alcanza el pum-pum

En el otoño de 1911, se dieron a un tiempo varios asedios guerrilleros en la región y con ello la aproximación al pum-pum. Los efectivos con que yo contaba en Agua Prieta para defender la plaza resultaron escasos. Grupos orozquistas crearon disturbios en todo mi entorno. Aparecieron los muertos, había llegado el pum-pum. Me vi obligado a apurar el reclutamiento de elementos que pudieran ser formados como defensores de la región.

En el verano apareció lo que sería la columna expedicionaria. Iban el vicegobernador, el señor Gayou y el coronel Álvaro Obregón. De este último ya tenía informes; venía desde Huatabampo, en el sur del estado. Se había hecho de prestigio, ganando para entonces algunos enfrentamientos menores. Yo lo conocí brevemente en Agua Prieta, mi sociedad comercial le vendió provisiones y, además, según acordé con Smithers, le otorgamos crédito. Más fe no se podía tener, en esos días fiar era un riesgo inminente. Hube de tratar con él asuntos relacionados con mi comisaría y pude percibir claramente sus virtudes de líder de hombres. Obregón era firme y decidido. Tenía talento.

Álvaro Obregón y Adolfo "Fito" de la Huerta se convertirían en camaradas y juntos habríamos de constituirnos en los tres mosqueteros de Sonora. Esta asociación de fortunas tendría profundas implicaciones en el futuro de la joven Revolución.

Sonora contra Orozco

La columna del naciente ejército del noroeste, con el coronel Álvaro Obregón a la cabeza, marchó rumbo al vecino estado de Chihuahua. Iba tras Orozco. El primer encuentro armado se efectuó en la hacienda de Ojitos. Después de días de refriega y lutos en serie, el contingente sonorense consiguió su primer triunfo de resonancia. Obregón probó las mieles de la victoria. Luego siguió hasta Casas Grandes, ya bajo dominio maderista; ahí se daría el único encuentro entre Obregón y Victoriano Huerta, general al servicio del presidente Madero.

El famoso Pascual Orozco se rindió días después.

En mi pueblo chico, Agua Prieta, prevalecía la inquietud. Yo me hice de voluntarios entre grupos de obreros y campesinos para formar un contingente que no pasaba de doscientos hombres. Sentí la inquietud de la batalla. Una cosa es leer del conflicto y otra mandar la guerra.

El presidente Madero había idealizado su lucha, en el momento en que debía conducirla, se encontró vacío. De pronto la gente que lo rodeaba percibió claramente su flaqueza. Hombre de claros principios y absoluta limpieza, Madero añoraba ver a la patria trabajando en paz y orientada hacia el progreso. Pretendía desarmar y promover la armonía social. Los cabrones andaban sueltos, la ambición de la mano de la violencia cobraba más víctimas. La oposición al gobierno del señor Madero se hizo patente.

El pacto de la embajada

La relación con el imperio del norte nunca fue fácil. En la frontera percibíamos sus intenciones aviesas a diario: nos vendían armas, prestaban dinero y, sobre todas las cosas, tenían los ojos puestos en el diablo negro: el petróleo fue siempre la manzana de la discordia.

Madero transpiraba deseos de modificar los acuerdos petroleros del régimen porfirista con los Estados Unidos. Pronto habría de darse la visita del embajador norteamericano Henry Lane Wilson, que tocaría las puertas de los generalotes del porfiriato. Acordó con ellos la destrucción del régimen maderista, que representaba un peligro para los intereses anglosajones en el territorio nacional.

La vista de la sangre, el dolor y las lágrimas ablandaron el corazón de Madero desde el inicio de la Revolución. Los que estaban junto a él, los chacales castrenses, se apercibieron de su voluntad menguada. La traición estaba cerca. El espíritu humanista del apóstol revolucionario estorbaba en sus maquinaciones.

El poder despierta la avaricia y entonces reina la violencia. Suele posarse sobre los hombres perversos. Los hombres limpios, los idealistas, serían ultrajados y sus anhelos pisoteados.

La Decena Trágica

Desde Agua Prieta cruzaba yo a diario a Douglas en busca de las noticias de la capital de la República, tal parecía que su telégrafo era más oportuno que el nuestro y no estaba controlado. Así fue como me enteré de que en la Ciudad de México hubo levantamientos. Los generales Bernardo Reyes y Félix Díaz, contando con fondos de la reacción y el clero, decidieron ir en contra del gobierno maderista. El presidente Madero se vio obligado a defenderse; las fuerzas que lo acecharon se emplazaron por toda la ciudad.

La artillería hizo su presencia y las granadas lastimaron las fachadas de incontables edificios. El célebre Reloj Chino en la Glorieta de Bucareli fue destrozado. El pum-pum se había instalado definitivamente en la Ciudad de México y, en sólo diez días, transformaría la historia de nuestra nación.

La lucha del pensamiento pronto habrá de enmudecer los cañones, según prometía el señor Madero; en vez, la refriega se recrudeció obligando al presidente a refugiarse en Palacio Nacional, donde fue sitiado sin tregua. Al cumplirse el décimo día de los levantamientos, Francisco I. Madero junto con el vicepresidente, José María Pino Suárez, en calidad de detenidos, fueron llevados hasta la intendencia del propio palacio y ahí permanecieron prisioneros, mientras que los generalotes, encabezados por Victoriano Huerta, festinaban sus pasos coludidos con la embajada de los Estados Unidos de América.

El embajador Henry Lane Wilson urdió el golpe de Estado, promoviendo la legitimidad de tal fechoría como provechosa para su país. La ventaja real para ellos consistía en evitar que el presidente Madero modificase las condiciones de la explotación petrolera extranjera en el suelo nacional. Antes, la reacción se había mostrado recelosa con el régimen revolucionario; el clero sospechaba del perfil religioso del presidente, pues Francisco I. Madero era espiritista y estudiaba las filosofías orientales que lo hicieron más universalista.

Nos enterábamos a diario de noticias escandalosas. El cuerpo diplomático de la América hispana manifestó su descontento ante el propio embajador Wilson, quien se mostró insensible y obstinado. Le sugirió a Huerta que a México le convenía más un Madero muerto. Desde las bodegas de la propia embajada estadounidense se imprimieron los volantes que circulaban profusamente en la ciudad alentando la rebelión.

Victoriano Huerta le propuso al presidente Madero que renunciara a cambio de su vida. Él rechazó enérgicamente la propuesta.

Gustavo Madero, el hermano del presidente, había sido trasladado hasta la Ciudadela y baleado por la soldadesca ebria que le administró una descarga de treinta y siete balazos. Minutos después, el intendente del Palacio, el señor don Adolfo Basso, también fue conducido hasta donde tuvo lugar la orgía de sangre.

—Éste murió como cobarde —le dijo un oficial señalándole el cadáver de Gustavo Madero.

—No podrá usted decir de mí lo mismo —replicó altivo Basso—. Deme sólo un minuto para buscar en el cielo a la Estrella Polar, ella me ha guiado siempre —sólo un instante le tomó mirar a lo alto, luego se volvió resuelto y dijo retirándose el sombrero—: ¡Viva México, disparen!

Basso cayó abatido. Los despojos de los dos hombres asesinados fueron tirados despectivamente a una fosa de fango, donde habrían de permanecer dos días.

Estos sucesos doblegaron la voluntad del señor Madero, que había enviado su renuncia al Congreso.

El chacal Huerta se presentó ante el presidente y le confirmó que el Congreso había aceptado su renuncia; también le anunció que Lascurain sería designado presidente provisional. Al despedirse les confirmó a Madero y Pino Suárez que serían trasladados hasta Veracruz para luego embarcarse a su destino.

—Buen viaje, señores —les dijo extendiéndoles la mano.

—Yo no le doy la mano a traidores —contestó el presidente Madero.

—Que Dios los guarde, señores —remató el chacal.

Manuel Márquez Sterling, el embajador de la República de Cuba, ofreció por parte de su gobierno una fragata que les llevaría a cruzar el Golfo de México hasta la isla de Martí. Más aún, la última noche del presidente Madero, el diplomático antillano durmió en Palacio Nacional para cerciorarse el que se llevara a cabo el traslado prometido.

A la media noche se presentaron en la intendencia el mayor de Rurales, Francisco Cárdenas y el capitán Pimienta. Le indicaron al presidente que las últimas instrucciones eran las de trasladarlos hasta la penitenciaría, donde permanecerían presos hasta su salida a Veracruz. El señor Madero creyó la versión que le informaban y esa misma noche se despidió de sus familiares que acudieron a la propia intendencia. Pino Suárez nunca lo creyó.

A bordo de dos automóviles fueron conducidos. En el primero, el mayor Cárdenas y el presidente Madero; en la retaguardia marchaba la segunda unidad, transportando a Pino Suárez y al capitán Pimienta.

Madero descendió del automóvil, pálido y cubierto con una cobija roja, aprestándose al viaje. Los ejecutores de la asonada cumplieron su cometido. Francisco Cárdenas le dio al presidente por la espalda el primer balazo sobre la cabeza. Madero cayó exánime.

Pino Suárez, que lo presenció todo, corrió por su vida. Pimienta le disparó y él cayó herido. El mayor Cárdenas se acercó a rematarlo. A ambos les dio el tiro de gracia.

No hubo reproches ni lágrimas. Las balas rompieron el silencio y así cayeron abatidos el primer presidente constitucional de México y el vicepresidente después de treinta y un años de dictadura porfirista. El clérigo llamado para administrar los ritos funerarios encontró entre las ropas de Madero, ensangrentado, el texto del *Bhagavad Gita*, el poema épico que refiere las epopeyas de las creencias de la filosofía hindú.

—Se ve luego que no era un buen católico —musitó el prelado.

Al mismo tiempo, en la embajada norteamericana, Victoriano Huerta y Félix Díaz compartían con el embajador Lane Wilson un brindis con champaña; celebraban el natalicio de Washington, pero el festejo era doble: Madero estaba muerto.

En los patios de la penitenciaría, los mirones se agolparon en las inmediaciones y fueron a ver de cerca los cuerpos sin vida de quienes habían sido designados para dirigir los destinos de la nación. La sangre de los mártires cubrió de ocre el sucio asfalto.

Razón y franquicia de quien manda son la pólvora y las balas. Al día siguiente, los cuerpos fueron inhumados por los dolientes que no sumaban más de cincuenta. El presidente fue enterrado sin que se escuchase la salva de veintiún cañonazos del protocolo napoleónico al que tenía derecho.

La ruindad estaba concluida.

El trágico incidente habría de impactar mi alma; dos mil kilómetros nos separaban de la fechoría y, sin embargo, Sonora estalló en llamas.

Me picó la Revolución

Victoriano Huerta fue declarado presidente interino de México. Todas las naciones del orbe reconocieron al nuevo gobierno. Todas, excepto Estados Unidos, que en forma suspicaz dilataba su reconocimiento al régimen creado por su propia confabulación.

En Agua Prieta, la Guardia Federal recibió comunicación directa del centro del país, notificándoles de la jerarquía de la nueva autoridad. Los maderistas, incluyéndome a mí, nos encontramos de pronto en el campo de los adversarios. Toda autoridad representativa del maderismo fue destituida.

Esa noche fría de febrero, en aquel puesto fronterizo, hice una larga caminata en medio de una noche estrellada que hubiera podido ser clasificada por "La Buki" como peligrosa, en consideración a la posición de Saturno.

"Yo, Plutarco Elías Calles, tengo treinta y seis años —iba reflexionando— y una familia grande, mis chamacos ya suman siete y para septiembre Natalia espera otro. Ya hice de todo; de profesor a comerciante, de comisionista a hotelero, he sido ranchero, fabricante de harina, todo para salir de jodido. No sé de otra cosa; ahora soy jefe de esta modesta comisaría ambicionada por otros. He sido anfitrión de fuerzas guerreras que respetaron al señor Madero."

A la mañana siguiente le llamé a Smithers y a poco el buen gringo vino de inmediato:

—Me voy gringo amigo, tenías razón, ahora soy yo; me llama la Revolución y no sé hasta dónde. Hazte cargo del negocio, es tuyo; mi alma ahora tiene otros dictados.

Fui hasta mi casa donde Natalia y los niños tomaban el desayuno; mis hijas se acercaron y me llenaron de cariño, como siempre; Rodolfo y Aco estaban sentados flanqueando a su madre.

—Natalia, me temo que habrás de regresar a Nogales a la casa de tu padre. La Revolución me lleva, tendrás que valerte por ti misma. Esto es impostergable.

Natalia no dijo nada, sobre su rostro de matrona impecable rodaron las lágrimas; mis hijas protestaron por tener que abandonar su primera casa; eran niños apenas. Sólo los abracé convencido de que volvería a verlos.

Tuve que salir apresuradamente de la plaza pues, enterado de mis planes de sublevación, el comandante de la guarnición de las Fuerzas Federales, el general Pedro Ojeda, a quien ya conocía, decidió apresarme. El mismo personaje me daría una lección de honor militar al organizar por su cuenta la evacuación de mi familia por el ferrocarril rumbo a Nogales. Él mismo habría de ordenar una carreta que transportó a Natalia y a mis hijos hasta el tren en Douglas. Nunca terminé de agradecer suficiente ese gesto de honor militar del general Ojeda. Sin embargo, pocos días después habría yo de sostener dos batallas con él, pues representaba al nuevo gobierno de Huerta.

El sino estaba en marcha, recordé a mi abuela Bernardina. Yo era miembro de la tribu de los Elías. Había retornado el tiempo de guerrear. La memoria de mi abuelo José Juan me inflamó.

¡Vámonos recio!

Todos contra Huerta

El asesinato de Madero fue para nosotros, los sonorenses, el verdadero detonador de la guerra. A Madero le debemos la antorcha libertadora; a Huerta, la Revolución. Él nos prendió la lumbre.

La usurpación del poder por Victoriano Huerta se convirtió en el verdadero detonante de la sublevación a lo ancho y largo del territorio nacional. En Sonora, Maytorena era el gobernador asignado por Madero. Profesaba su lealtad inquebrantable al mártir revolucionario, pero cuando en varios rincones del estado empezaron a darse levantamientos, en lugar de atender los focos diversos de agitación optó por solicitar al Congreso licencia para ausentarse.

La verdadera razón, según pude yo evaluar, era que la participación maytorenista en la Revolución no tenía ningún nexo con los ideales revolucionarios que nos impulsaban; por el contrario, Maytorena sólo era un rico terrateniente cuya ambición política era estrictamente hacerse del poder que le permitiera garantizar la buena operación de sus fincas en la región.

Telegrafié al gobernador Maytorena desde Agua Prieta. Le solicitamos formalmente que rompiera con el gobierno de Huerta. No lo hizo. En esa ocasión, de acuerdo con su carácter medroso, se fue al extranjero pretextando tener que estar presente en la operación de un familiar. La licencia le fue concedida y el Congreso nombró a Ignacio Pesqueira como gobernador interino; fue éste el responsable de oficializar el desconocimiento del usurpador Victoriano Huerta. Así es como supo atender el sentimiento de los pobladores sonorenses, dignos, abnegados, fraternales y patriotas.

Los tiempos marchaban desbocados; en el vecino estado de Chihuahua, el gobernador Abraham González fue cobardemente asesinado por esbirros enviados por los chacales de Huerta.

El general Salvador Alvarado, impulsado por los ideales maderistas, llegó hasta la puerta del recinto legislativo en Hermosillo:

—Señores diputados, si ustedes sucumben y reconocen a Victoriano Huerta, nosotros los desconoceremos a ustedes.

En el mes de marzo, en la hacienda coahuilense de Guadalupe, don Venustiano Carranza, el gobernador de la entidad, convocó a todas las fuerzas. El primer postulado fue el rechazo absoluto a la usurpación de Huerta. Don Venustiano personificaba los valores de la legalidad ante el atropello humillante que había sufrido la patria. Por añadidura, contaba con la madurez de una veintena de años mayor que nosotros, los revolucionarios metidos a reformistas. Además, el jefe Carranza ya tenía experiencia en el manejo de los negocios del estado. Nuestros afanes revolucionarios eran una cortina de ilusiones. Gobernar era otra cosa.

En un plazo reducido de tiempo, la militancia sonorense se sumaría a él. La estrella nuestra, los tres mosqueteros, con Álvaro Obregón a la cabeza, Adolfo de la Huerta y yo mismo, comenzaba a brillar con luz propia en el ámbito nacional.

Las victorias militares no sólo eran frecuentes, sino ampliamente difundidas; Obregón, impulsado por los vientos de la suerte y su genio militar, comenzaba a conquistarlo todo a su paso.

Para entonces, el gobernador Carranza contaba con cincuenta y seis años; de apariencia adusta y formal, encarnaba las cualidades que lo convirtieron en el líder nacional del movimiento destinado a devolver a la patria la legitimidad y el honor perdido con la muerte del presidente Madero.

El denodado norteño era un firme creyente en la constitucionalidad y así encabezó lo que se denominó el primer régimen constitucionalista del que él mismo sería el titular. Don Venustiano lo tenía todo, excepto la fuerza militar necesaria para sacar adelante su proyecto. Ésa habríamos de proporcionársela nosotros; los sonorenses traíamos detrás la pujanza derivada de nuestras tierras bravas y sus climas inhóspitos. Sonora poseía carácter y además contaba con el liderazgo genial de un militar irrepetible: Obregón se convirtió en el caudillo iluminado que, como Napoleón, probaría su genio en el fragor de las batallas.

Derivado de la usurpación de Victoriano Huerta, don Venustiano, por entonces gobernador constitucional de Coahuila, fue el líder que repudiaría la muerte del señor Madero y los acontecimientos posteriores al promulgar el Plan de Guadalupe. En estas circunstancias, el señor Carranza se erigió como el primer jefe constitucionalista. Además —y esto fue definitivo— los gringos reconocieron su posición.

Ante la creciente popularidad del señor Carranza, no todos estaban satisfechos, la resistencia más seria de la directriz carrancista se llamaba Francisco Villa. La fuerza bruta representada por Villa le echaba montón. Villa deseaba añadir a sus cualidades innegables de guerrero impecable, el gobernar. Pero eso no: de estadista no tenía nada.

Desde el principio, Villa dio muestras de inconformidad y así presionó para que se llevara a cabo una convención de militares en Aguascalientes, en 1915. Acudieron todos, incluidos los zapatistas del sur. Emiliano no fue; sólo delegados.

Obregón estuvo también presente, su misión consistía en apaciguar a Villa y tratar de establecer la concordia con el jefe Carranza. La asistencia fue copiosa, hartos generales, todos empistolados, el olor a pólvora que despedía el recinto que alojaba a los convencionistas era ominoso, presagiaba conflictos.

Yo intuí el desorden que generó tal convención, cuyo resultado fue que tres presidentes que gobernarían el país por brevísimos periodos: Eulalio Gutiérrez, del 1 noviembre de 1914 al 16 de enero de 1915, apenas un par de meses; Roque González Garza, de enero de 1915 al 15 de junio del mismo año, no llegó a seis meses; por último, Francisco Lagos Cházaro, de junio de 1915 a enero de 1916, seis meses más en el reinado del desorden.

México tenía la urgencia de convertir la naciente Revolución en gobierno. En los tiempos, la condición era que había que tomarse una de dos sopas: o el caldo de Villa o el consomé de don Venustiano.

Cuando el primer jefe se vio hostigado por la oposición, el correoso señor Carranza, ya madurito, montó a caballo de Hermosillo a Chihuahua y con una escolta modesta cruzó la Sierra Madre Occidental en circunstancias en las que sólo se aventuran los hombres bravos. Él era recio, calculador y frío; también podía ser maquinador y rebuscado; educado y rodeado de mentes escogidas. Para nosotros, los sonorenses, era inevitable inclinarnos por su programa institucional.

Francisco Villa representaba lo contrario, un hombre violento e iletrado. Pensaba que el jefe Carranza era un perfumado y que gustaba del chocolate a la francesa; sin embargo, resulta innegable que Villa era un guerrillero genial.

Después, cuando se celebró la reunión con Villa en Chihuahua en 1915, Obregón hizo un esfuerzo por persuadirlo en favor de una concordia con el Primer Jefe. En mitad de la cena, Villa, ya visiblemente alterado, estuvo a punto de fusilar a Obregón en su propio campamento.

—Si me va usted a fusilar, pues que sea de una vez general —le dijo Obregón sin pestañear.

La observación certera que Obregón hizo de su contrincante esa noche resultaría definitiva: Villa era precipitado y emocional.

Mientras, los adictos a la División del Norte realizaron su conferencia y el resultado natural fue la confusa Convención de Aguascalientes. En ella surgieron todas las diferencias entre las militancias revolucionarias. Yo habría de aprender de ese conflicto; presencié la fragmentación de tantas voluntades que también estaban armadas y con ello aprecié la enorme necesidad de conjuntar empeños para sacar a la nación de propósitos tan divergentes y, en su mayoría, destructivos.

Villa solicitó el desconocimiento de la personalidad del señor Carranza, éste a su vez condicionó su renuncia al retiro de Villa como comandante en jefe de la División del Norte. En pocos días se dijeron:

—Tú primero y yo sigo —la segunda solicitud del tú primero, se quedó para siempre; es decir, hasta que el pumpum impuso sus condiciones. Necias las cabezas, el lenguaje de la lucha se encarga del final.

Sonora se convirtió en el paraíso del constitucionalismo. Frente a frente, la lucha por el poder se estableció entre las fuerzas constitucionalistas que incluían a los militares sonorenses y de la otra parte, a los convencionistas, siendo éstos primordialmente los contingentes de Francisco Villa y en el sur, de manera moderada, Emiliano Zapata.

RAPSODIA QUINTA

Dolores "La Buki"

Los apaches descendían desde los desiertos del norte. La colonización anglosajona del oeste americano ocasionó el que las tribus diseminadas en las vastas tierras del norte occidental se nos dejaran venir. Además, en nuestro país existían raíces originales de las tribus yaqui y mayo.

En Sonora los yaquis eran tan familiares que incluso lograban asimilarse en las poblaciones urbanas y hacer trabajos diversos, incluso domésticos. Ésos eran los mansos, los otros no pedían chichi, ellos consideraban que nuestras tierras eran de su propiedad ancestral y nosotros los usurpadores.

Ya en pleno ejercicio de coronel, fui asignado por el gobernador Maytorena en las tareas de la pacificación yaqui; había conflictos diversos que usualmente se resolvían con el lenguaje de las balas, el pum-pum era ancestral. Con alguna frecuencia fue necesario hacerse acompañar de efectivos para trasladarse a puntos diversos de la geografía sonorense.

En noches de luna llena era frecuente que en los poblados distantes se dieran encuentros sorpresivos de grupos yaquis en actitudes de franco asalto. Generalmente, llegaban montados sobre espléndidas cabalgaduras; eran grandes jinetes que montaban en su mayoría magníficos corceles y aunaban a esta habilidad la de ser certeros tiradores de carabina. Los yaquis podían causar estragos.

Las instrucciones que recibí del gobernador, y posteriormente de don Venustiano, fueron terminantes: pacificar, convencer y, de no haber solución, guerrear. Las bajas eran numerosas y en más de una ocasión presencié episodios crueles de ambos lados del conflicto.

En esas redadas nocturnas se llegó a dar el caso de que algunas mujeres yoris fueron secuestradas por los yaquis.

Fue en un mes de agosto. El verano en Arizona se sintió ferozmente. Los yaquis atacaron el pueblo, comandados por Dimas, descendiente del gran jefe apache del mismo nombre.

Las redadas de los bárbaros a las poblaciones de la frontera se distinguían por el hábito ordenado de vaciar las bodegas y secuestrar a varios menores de edad de raza blanca para utilizarlos como rehenes y posteriormente negociar. Esa noche entraron a la fuerza a las instalaciones del orfanato, ahí se encontraba la pequeña Dolores Riordan.

Cuando Dolores llegó a la aldea yaqui, tenía sólo siete u ocho años; ella había nacido huérfana y desde entonces creció en el orfanato de St. Mary.

En el momento en que Dolores cumplió doce años, Dimas la hizo su mujer; apenas era una chiquilla.

A mí en lo personal me resultaba poco grato el tener que ir a hacer con frecuencia tareas pacificadoras en esos lugares. En una de esas ocasiones, recibí una proposición de diálogo del propio Dimas —al que aún no conocía—. Fue una oportunidad para comentar y comprender la esencia de las demandas yaquis: tierras, fuentes de agua y además posiciones estratégicas cerca de los ríos. Dimas me convocó a su casa en la aldea.

El viejo tenía un perfil impresionante; hombre robusto y de buena altura. Se había dañado la cadera en un percance de caballos, nunca pudo recuperar la armonía motriz de sus piernas y quedó impedido de montar. Me estrechó la mano franca y sin preámbulo me lanzó sus demandas:

—Queremos paz, coronel, pero es necesario que el señor gobierno entienda que no nos puede tratar como animales salvajes, queremos pues una solución en el asunto de las tierras. Yo estoy dispuesto a servir de mediador con mi gente. Le advierto que si no hay arreglo, habrá guerra. Tanta como ustedes quieran. Las águilas han de regresar al desierto para vernos trabajar la tierra o para arrancar la piel de nuestros muertos.

No pasó mucho tiempo antes de que yo entendiera que Dimas había sido una relación útil en mis tareas pacificadoras. Esa misma noche me invitaron a comer una cecina de venado que cocinaron ahí mismo en la lumbre; me gustó. Ahí conocí a Dolores Riordan. Dimas me dijo que ella era su mujer.

Recuerde el lector que, cuando estuve en la comisaría de Agua Prieta, asistí con frecuencia al Curio Café, donde hice amistad con doña Alice Gatliff; fue ella quien me sugirió investigar el paradero de Dimas y de su mujer Dolores Riordan, a quien le decían "La Buki". Le debo pues a doña Alice, la referencia con estas gentes. Dimas fue siempre hospitalario y me ayudó a concertar acuerdos con los jefes yaquis en varias ocasiones. En otras, no hubo forma de acercarse a la razón y fue el pum-pum el que saldó cuentas.

La amistad con Dolores, "La Buki", se fue dando con el tiempo y así me enteró:

—Yo nací al norte con los güeros, soy gringa. Mis papás habían muerto y a mí me llevaron al orfanato. En el asalto los yaquis se llevaron a varios niños que nunca volví a ver, hacían negocios con ellos. A mí me retuvo Dimas que decía: a esta mujercita color pelos de elote me la quedo pa' cuando esté más grandecita. Yo seguí hablando el idioma de los güeros y los yaquis me utilizaban para traducirles sus dichos.

En una velada de otoño ella insistió en que ya entrada la noche quería explicarme el funcionamiento de las estrellas allá arriba:

—Debes aprender de la danza planetaria —dijo.

Acostumbrábamos tendernos en una manta sobre la arena a mirar el cielo estrellado con sus misterios. Después de sus explicaciones, ella concluía sugiriendo que estaba yo señalado para realizar tareas mayores:

—Tu quehacer en este mundo es mandar; ordenar que los hombres hagan algunas cosas es tu habilidad principal. No eres guerrero del desierto, para eso hay otros elementos, en tu futuro veo la construcción de vida, habrás de sumar y al final presiento que conocerás también la ingratitud de los hombres, no sé cómo, tendremos que seguir observando a los astros.

Ya terminados sus diálogos, que siempre fueron interesantes, solía decir:

—Ya está entrada la noche, coronel Plutarco, es hora de que te duermas.

Yo procuraba acercarme mi bulto militar que parecía raquítico para protegerme del frío.

—No, coronel Plutarco, así no, en el desierto un hombre se tapa del frío con una frazada de lana o con una mujer —sin preguntarme, ella llamó a una yaqui y le habló en su lengua, la mujer de la trenza larga se recostó junto a mí y dijo:

—Póngase de ladito, coronel —y así transcurrió la noche.

También solía colocar algunos guijarros dentro de un vaso y después de agitarlos los desparramaba sobre la mesa; interpretaba la posición final de éstos. Así se estableció la comunicación cósmica por algunos años y ella siguió informándome lo que parecía ser el contenido de mi designio.

"La Buki" habría de llamarme hasta el fin de sus días "Coronel Plutarco". A pesar de los cambios de jerarquía militar de que fui objeto en años por venir, ella se mantuvo nombrándome así. Aún durante mi periodo presidencial, solía enviarme telegramas al Palacio Nacional dirigidos al "Coronel Plutarco".

Dos estrellas

Una vez publicado el manifiesto de que Sonora se levantaba en armas, el general Ojeda hubo de movilizar sus fuerzas con el objeto de inhibir cualquier avance de las tropas de Obregón que se dirigían al Mineral de Cananea, que estaba fuertemente resguardado por cuerpos federales fieles a las órdenes del usurpador. Yo me trasladé con quinientos reclutas hasta el pueblo fronterizo de instalaciones mineras y lo ocupamos ante el beneplácito del tercer mosquetero: Adolfo "Fito" de la Huerta. Luego, en franca adolescencia militar, recluté cien elementos adicionales entre las filas obreristas y me lancé sobre Naco, que estaba en poder del general Ojeda. Ésta habría de ser mi primera batalla formal. Fracasé.

Es condición particular de las guerras el que todos son voluntarios participantes de la victoria. Sólo uno carga con los fracasos. En esa ocasión, fui yo el responsable.

Cuando apareció Obregón, nuestro líder de la estrella milagrosa, no hizo excepción al calificarme como *molinero aventurero*.

—No, Plutarco, la guerra no se hace así. Tienes que aprender, la disciplina táctica no es materia de especulación. Tú avanzaste sobre Naco irresponsablemente, Ojeda te pegó a las primeras.

La experiencia no se me olvidaría, me reorganicé y ataqué de nuevo la plaza. Naco fue mía. Ésa sería también mi victoria primera.

El maestro Plutarco Elías Calles era coronel del Ejército del Noroeste. Quedé autorizado de usar sobre los hombros los símbolos de mi nueva jerarquía militar: tres estrellas. Las que corresponden al grado de coronel.

No hay octavo malo

Yo estaba ocupado en la tarea de reclutamiento para vigorizar nuestras fuerzas. Encontrándome en la zona fronteriza recibí noticias de Natalia, quien me informó que había nacido nuestro octavo hijo.

—Se trata de un varoncito encantador —informaba su telegrama—, confío en que este muchacho traerá su recompensa y te dé suerte, ¿cómo quieres llamarlo?

Yo la instruí para que lo nombrase Alfredo, mi contacto frecuente con Alfredo Breceda, una de las mentes distinguidas del carrancismo, me hizo adoptar su nombre para mi hijo; como bien dijo Natalia, este mocetón de encantos indiscutibles me daría suerte, además de mucha guerra.

Pronto se iniciaron las acciones que me llevarían en forma ascendente a las posiciones político militares que resultarían claves en mi vida. La ascensión de las águilas, como me había pronosticado "La Buki".

La Revolución

Nosotros contra aquéllos, éstos contra los otros; los otros en contra de los que no habían llegado y estos últimos, en cuanto lo hicieron, buscaron en contra de quién...

Sonora, nuestra patria chica, se vio convulsionada. El gobernador Maytorena que ahora pretendía retomar su cargo, que abandonó por razones aristócratas, se presentó a reclamar lo que por derecho le correspondía.

La impostura de Maytorena era desleal. Sabíamos que se había tomado largas vacaciones.

Benjamín Hill, militar relevante en el noroeste, y yo mismo, encabezamos las fuerzas en el norte del estado. Hicimos notar al jefe Carranza nuestra inconformidad con las pretensiones del gobernador.

Maytorena nos había abandonado en los momentos decisivos, cuando desconocimos al usurpador Huerta.

Ahora regresaba a la corona estatal como si nada. Yo advertí resueltamente sus intenciones oportunistas; primero fue el maderismo la causa que abrazó y después de los trágicos eventos, aparentó subordinarse al señor Carranza, hasta que se hizo notoria la fractura que se dio entre el primer jefe y Francisco Villa.

Maytorena coqueteó con la posibilidad de sumarse a Villa, pensando en que dicha aventura resultaría más benéfica para sus intereses.

En la plaza de Naco en la frontera, el general Hill y yo estábamos al frente de un destacamento que no superaba mil quinientos efectivos. La gente de Maytorena-Villa, con sus amplios recursos, nos atacó con una fuerza superior; no eran menos de cinco mil, incluidas varias tribus yaquis que se le habían sumado. Organizamos la resistencia y así se creó "El sitio de Naco", que duró más de setenta días, en los que logramos mantener a raya a las fuerzas maytorenistas.

Después de dos meses de estar cercados, los pobladores comenzaron a cobrar fuerte simpatía por la resistencia de nuestros cuerpos militares numéricamente inferiores. Maytorena habría de reconocer ante Villa el fracaso de su intento. Lo habíamos vencido.

El problema se agudizó cuando el primer jefe viajó hasta Nogales y se percató de que el gobernador Maytorena había trasladado los fondos de la Tesorería del Estado hasta un banco americano. La relación del constitucionalismo con el mandatario oportunista estaba próxima a su fin.

El general Obregón, con la anuencia de don Venustiano Carranza, me nombró comandante militar en la zona de Hermosillo. Ésta fue una maniobra visiblemente fraguada para mantener el poder de las fuerzas armadas fuera de las tentaciones del gobernador Maytorena.

Yo, Plutarco Elías Calles, coronel del Ejército Constitucionalista, fui ascendido por el primer jefe a general brigadier. Sobre los hombros ahora tendría una estrella y un águila. La visión de "La Buki" resultó acertada. El vuelo de las águilas estaba en ascenso.

RAPSODIA SEXTA

En el verano de 1914, el heredero al trono del imperio austrohúngaro, el archiduque Francisco Fernando y su esposa, una duquesa de ascendencia prusiana, fueron asesinados en Sarajevo. Así se encendió la llama de uno de los conflictos bélicos más grandes del siglo. La voz de la tragedia era transmitida por las noticias que a nosotros nos llegaban desde la frontera: los pormenores político militares de la Primera Guerra Mundial.

Tres semanas fueron suficientes para que el káiser Guillermo II declarase la guerra, en la que se vio involucrada de inmediato la Rusia imperial de Nicolás II. Las realezas confrontadas se enfrascarían en batallas sangrientas que resultaron de enormes consecuencias.

Enterado de las bajas que se dieron en uno solo de los enfrentamientos, los muertos sumaban más de cincuenta mil, pensé que la fuerza de las armas impondría su ley en años por venir.

En un plazo que no superó los quince días, se generalizó la locura.

Gran Bretaña declaró la guerra a Alemania; Japón también a Alemania; España se declaró neutral.

A fines de agosto, en las llanuras del este, se batieron los alemanes, dirigidos por Hindenburg. Le infligieron a los rusos una gran derrota. Los muertos en un solo día sumaron más que toda la población de Cananea, Fronteras y Nogales en Sonora. Mucho muerto.

La locura que nos aflige a los hombres es universal. Es en la mente donde se cocinan los conflictos.

Por efectos de alguna fuerza extraña, el orbe se vio envuelto en una conflagración de ideas que modificó la conducta del universo para siempre.

Sentí que la dimensión de un enfrentamiento tan grande salpicaría nuestras conciencias. Lo que ahí sucedió en lo militar, desembocaría en cambios sociales que asombraron al mundo; la dinastía Romanov fue derrocada por los bolcheviques; el zar Nicolás II y la emperatriz Alejandra fueron fusilados y, en 1917, la Rusia zarista fue suplantada por el socialismo soviético. Había triunfado la revolución proletaria y su prédica quedó desparramada en el mundo entero.

Lo nuestro fue distinto. La raíz era la misma: crear un nuevo sistema de vida que resultase más justo. Los privilegios de los favorecidos terminarían.

Me temo que no por mucho tiempo; los ricos regresan y vuelven a tomar posiciones.

La revuelta mexicana fue igual de brava, pero más charra. Aquí murió un millón de personas. Unos por bala, otros por hambre.

El destino dictó los muertos de allá y de aquí.

1 915, nuestra Revolución generaba bretes de diversa envergadura por día. Un día amanecí con la noticia de que Jesús Carranza, el hermano del primer jefe, había sido enviado al sureste del país para licenciar a facciones del ejército. Llegó a Oaxaca y el general Santibáñez no aceptó el licenciamiento de sus tropas y, sin más, lo fusiló. Esto sucedía en la vida revolucionaria en forma cotidiana.

En Chihuahua, Villa fue a tratar de convencer a Maclovio Herrera para que se le uniera en el desconocimiento al jefe Carranza; Maclovio le contestó que no estaba de acuerdo ni con él ni con sus bandoleros; consideraba que Villa no era ni hombre, ni militar.

No conforme con esto, después le telegrafió a Villa desde Parral y lo desafió a que, en compañía de cincuenta hombres, prometiendo de antemano paridad entre los propios, se diese un enfrentamiento hasta sus últimas consecuencias, en los patios de una conocida localidad.

La presencia continua de la traición y la violencia sin sentido se daba en todos los frentes de nuestro movimiento.

El país estaba en crisis, el hambre hizo su aparición. Se hizo urgente imponer el orden que permitiese el mejoramiento de las condiciones drásticas en que vivía la nación.

Bravucones, idealistas, mercenarios, convenencieros, líderes, patriotas y traidores fueron los componentes humanos de nuestra Revolución.

Primer viaje a la capital

En el verano de 1914, recibí invitación del jefe Carranza para visitarlo en la Ciudad de México.

El Primer Jefe quiso reunir a los principales dirigentes del norte en una fraternal comida. Nos dijo que lo hacía porque deseaba homenajearnos por haber resistido el engaño y las tentaciones de la deslealtad.

Yo sé de qué hablaba, los chaquetazos se daban a diario, en cambio nosotros, los hombres de las lejanas llanuras sonorenses, hasta entonces habíamos abrazado la causa del constitucionalismo y la autoridad del primer jefe sin ningún reparo. Carranza era sin duda la única propuesta congruente para construir una nación civilizada.

—¿Qué ropa voy a usar? —decidí con premura el contenido de mi equipaje. Utilizaría el clásico atuendo de nosotros los militares, mostrando mi jerarquía.

Esa noche salí a caminar y, siempre siguiendo las instrucciones de "La Buki", me asomé al cielo en busca de mis estrellas. Las nubes oscurecieron toda posibilidad de lectura. Me fui a la cama meditando en que mis designios ciertamente me administraban sorpresas.

A último momento, recogí el sombrero de ala ancha estilo norteño que usábamos los de allá y un quepí para las ocasiones formales.

Crucé del otro lado y en el tren gringo me fui hasta Ciudad Juárez. En el camino recordé la ocasión en que, hacía no mucho tiempo, había viajado en este mismo ferrocarril hasta Juárez para conocer a Villa. Me recibió bien:

—Mucho gusto, compañerito —dijo bronco, como era su estilo.

Charlamos por un rato y me hizo preguntas. Inquirió demasiado sobre Obregón, ya desde entonces era manifiesto el celo que disfrazaban las preguntas que me hacía. Pude evaluar decididamente en nuestra charla su modestísima educación, lo que lo hacía un hombre de acción pura. Su instrucción era básica; su energía, abundante. Por el momento nos despedimos cordialmente.

No lo volví a ver hasta que fui parte del gabinete del presidente Obregón en el año 1920. Villa era rudo y fuerte. Yo también.

El tren me llevó por el corazón de la República y así de paso pude admirar Zacatecas y luego San Luis Potosí, hasta que llegamos a la estación Buenavista en la capital de la patria. Mucho fue mi asombro y la excitación que experimenté a mi llegada. Me esperaban dos oficiales del ejército sobre la plataforma.

—Estamos a sus órdenes, coronel Calles —se cuadraron y luego les extendí la mano.

—Vamos a acompañarlo a su hotel, señor Coronel —después nos trasladamos hasta el Hotel Saint Francis, que me había sido reservado. Éste era un establecimiento formal donde solían alojarse los jefes militares que venían de todos los destinos.

Vi el Paseo de la Reforma por vez primera, comprobé que mi imaginación y la imagen fotográfica que ya tenía no habían sido defraudadas. "¡Qué bella es la metrópoli!", pensé. La Ciudad de México era el centro neurálgico de la nación y además, para los tiempos, el ombligo de las ideas.

Por vez primera tuve la oportunidad de conocer a militares como Jacinto Treviño, Pancho Urquizo y Rafael Buelna, toda gente de prestigio. Durante esos días yo me sentía inseguro junto al desenfado que exhibían estos personajes. Esa semana además se me daría el placer de ver desde el balcón del Palacio Nacional la parada militar del 16 de septiembre. Gocé mucho de las celebraciones patrias de la gran metrópoli. En esa ocasión pude observar a las capitalinas que me parecieron divertidas y bonitas.

—No se apene Plutarco, que a estas palomitas les gusta el aire del norte —me dijo Rafael Buelna.

Pronto pude comprobar su dicho.

En ese viaje me tocó probar cama planchada y baño con agua caliente todos los días. "Vaya lujo", reflexioné. "Yo allá vivía con menos."

El domingo 13, el señor Carranza nos ofreció un banquete. El Primer Jefe pronunció emotivas palabras que le obligaron, de tanta emoción, a interrumpir su discurso. Con los ojos visiblemente húmedos por el sentimiento, nos recordó las inmensas tareas que nos reservaba el futuro.

Me hizo pensar en los conflictos que conlleva el amontonamiento de ideas desordenadas, si no era Villa, era Zapata, o José Inés Robles o Maclovio Herrera. A ratos Pablo González y luego Obregón siempre empujando. Soto y Gama, con la delegación zapatista, demandaba lo suyo. Yo percibí resueltamente el torrente de confusión en la vida mexicana. La violencia innecesaria; la ambición desmedida.

Si tal cosa no fuese suficiente, los yanquis habían llegado a Veracruz con una fuerza de ocupación sobre el puerto. Los pretextos se repetían; en ese instante, decían ellos, venían a proteger los intereses de los extranjeros. Todos sabemos que sólo vinieron para cuidar los pozos de extracción del diablo negro, eso es lo único que les interesa. Temerosos de que la Revolución les pueda alterar la explotación. El petróleo es el motor de sus vidas.

Se estacionaron en el bello puerto todo un año y la población apenas los pudo resistir. La única oposición armada fue por parte de los jóvenes cadetes de la Escuela Naval. Entonces ocurrió el célebre incidente en donde el jovencito Azueta, que en la defensa del puerto habría de morir después de recibir la metralla yanqui, tuvo el valor de rehusar la intervención de médicos estadounidenses.

Mientras el señor Carranza nos hablaba, yo confirmé el enorme respeto que sentía por su persona.

Componer la patria; ordenarla en términos de ley; establecer prioridades de acción constructiva; protestar con dignidad por la invasión gringa en Veracruz; darle estabilidad al papel moneda; devolver la legalidad a las acciones de los hombres. Ésas fueron algunas de las propuestas del constitucionalismo de Carranza.

Como he dicho, nosotros, los tres mosqueteros —De la Huerta en la gubernatura del estado de Sonora; Álvaro Obregón, general en jefe de los ejércitos del Noroeste y yo mismo— estábamos con Carranza. Villa era nuestro enemigo natural. El enfrentamiento habría de darse.

El señor Carranza me recibió en su despacho:

—Vine a despedirme, jefe —le dije. Él se puso de pie y me dio un abrazo emotivo.

—Ha sido un gusto conocerle, coronel —respondió formal—. Le agradezco su participación en el constitucionalismo. Confío en usted —repitió sonriente.

Yo regresé de inmediato a Chihuahua y por tren viajé hasta Agua Prieta; ahí me esperaba Benjamín Hill, con quien estuve en el sitio de Naco, en el que juntos tuvimos que hacer milagros para aguantar la embestida de Maytorena con fuerzas muy superiores; finalmente, el ricachón sonorense, ex gobernador del estado, quien había sido mi primer jefe, ahora abiertamente se juntó con Villa para desconocer a Carranza; nosotros, como ya he mencionado, guerrearíamos apostando por el régimen constitucional.

Jacobinismo tempranero

Se hizo evidente el resentimiento natural de la tropa por los abusos tradicionales que, los practicantes del culto, venían imponiendo desde tiempos inmemoriales.

En la primera etapa de la Revolución naciente, permeaba una hostil opinión por parte de los revolucionarios hacia las actividades del clero; la iglesia claramente se sentía incómoda con toda forma de gobierno que resonara a balas. En general, se percibía en el ambiente nacional la resistencia de la organización clerical para aceptar las normas de renovación social. Existía una clara antipatía entre las facciones. Nosotros sentíamos desconfianza y ellos temor de ser confiscados.

A lo largo de toda la frontera se habían exiliado voluntariamente los representantes de la burguesía mexicana; ellos conspiraron siempre.

Fiel a su costumbre, el clero se sumó a la resistencia de la Revolución, en complicidad con los ricos que vieron amenazados sus intereses.

Nuevamente hizo su aparición el verdadero problema: el clero tramaba contra la Revolución y nosotros nos abocamos al cambio, sin importar el resultado.

No sólo eso, además como ya era tradición en la historia, buscaron alianzas en el extranjero para desprestigiar a los militantes del naciente movimiento renovador. Ellos deseaban fervientemente lograr la intervención de alguna potencia extranjera.

México avanzaría bajo la tutela del régimen revolucionario. Eso no era negociable.

En 1917, la paternidad del anticlericalismo tenía muchos actores. Por lo pronto, ese mismo año Aguirre Berlanga, subsecretario en el gobierno de Carranza, habría de dirigirse a todos los estados instruyéndolos:

Sírvanse tomar medidas a fin de impedir que en esa entidad bajo su mando se lleven a cabo maniobras de sedición por parte del clero y consignen a todos aquellos que se hayan hecho culpables.

Los seres humanos somos siempre productos del tiempo en que vivimos. Las acciones de carácter anticlerical se generalizaron en esos años mozos de la insurrección social en varios lugares: Álvaro Obregón encarceló al obispo de Tepic; Francisco Villa ejecutó sin pestañear a cinco frailes después de que conquistó Zacatecas. El golpe de gracia lo habría de dar el jefe Carranza; ese mismo año decretó la jurisdicción del gobierno federal sobre todos los inmuebles que pertenecían al clero. Juárez se hizo presente en nuestras decisiones.

Me ha parecido conveniente, para beneficio de quien lee estas memorias, ilustrar una carta que en esos meses de la naciente Constitución de 1917 circularía por todo México. Ésta había sido enviada por la priora de Las Carmelitas, llamada, para mi rubor, María Elías del Santísimo Sacramento; misiva que dirigió al arzobispo Blenk, en Nueva Orleans, territorio gringo, desde el convento de Las Carmelitas Descalzas en La Habana, Cuba, dice así:

La triste y lamentable situación en que se encuentra nuestra República Mexicana, me obliga en conciencia y bajo juramento, a manifestar a vuestra Ilustrísima lo que está sucediendo con motivo de la diabólica Revolución contra la Iglesia Católica.

Hemos de tomar en cuenta que la temporalidad de dicha misiva es apenas un pálido reflejo de lo que comenzaba a urdirse.

Nuestros templos están cerrados y nuestras iglesias profanadas, los confesionarios han sido quemados y apenas hay quien se atreva a perdonar a un pecador allá, en lo más recóndito de los hogares; el Cordero Inmaculado no viene a alimentar nuestras almas, porque está sentenciado a muerte el sacerdote que nos dé la comunión.

Resulta trágico que en aquellos años en los que prevalecía el hambre hubiera alguien que manipulara las conciencias en esa forma, cuando el único cordero en el que pensaba la gente era con el que se podía comer un taco.

Nuestros sacerdotes son perseguidos, andan por los caminos sin tener qué comer. Los prelados todos nos han abandonado, y hasta el mismo Dios parece que se ha ocultado. Las campanas han enmudecido. Las monjas son llevadas a los cuarteles y las vírgenes son profanadas.

Lo único que nunca dijo en la carta es que los prelados ausentes se encontraban del otro lado de la frontera cómodamente instalados, conspirando con los grupos que resultaran convenientes para derrocar al gobierno constitucionalista.

A fin de cuentas, el evangelio de la Revolución representaba una ruptura con los privilegios de lo establecido. El clero era cimiento rancio de esas tradiciones.

Yo, cuando fui gobernador del estado de Sonora, hube de telegrafiar a don Venustiano Carranza:

> Primer Jefe del Ejército Constitucionalista, a nombre de los revolucionarios de Sonora, respetuosamente pido a usted que en la eventualidad de que el Consejo de Guerra sentenciara a muerte al Arzobispo Orozco, de Guadalajara y al Obispo De la Mora, la sentencia sea ejecutada sin atender solicitudes de clemencia por parte de todas las beatas del país.

Contábamos con amplias evidencias de la participación de estos jerarcas eclesiásticos en diversas intrigas para debilitar nuestras acciones.

Sigo relatando la carta de María Elías del Santísimo Sacramento:

> En Guadalajara, desterraron a todo el clero y los metieron en jaulas y furgones, a la salida de éstos, colocaron junto a las vías las bandas de música que los despedían con piezas burlescas tocándoles *Las golondrinas* y *La viuda alegre*, en medio de una gran silbatina. Una semana después, siguieron las religiosas y, gracias a Dios, todas las tapatías se pusieron valientes y cogieron piedras para apedrear a los revolucionarios si les ponían música.
>
> A muchos Padres los han metido a la penitenciaría en México, otros muchos los metieron de mozos y luego al despedirlos, los mandan casi sin ropa obligándolos hasta a vestirse de señoras para poder salir. En muchas poblaciones los han encerrado con mujeres malas, amenazándolos de muerte si se resistían.

Los vasos sagrados en las iglesias han sido profanados de mil maneras; después de beber en ellos, los han usado como bacinicas de noche. En algunos pueblos han quemado el copón con las hostias consagradas, las han regado por el suelo y otras veces se las han dado de comer a los caballos. Seguido hacen caer a los Santos a balazos. El Templo del Carmen en Querétaro, lo han destinado para salón de baile.

Lo único lamentable de los tiempos es que no hubiéramos podido asignar más templos para las actividades recreacionales que pusieran a la población agitada en condiciones de disfrutar de sano esparcimiento.

Todas las comunidades de monjas han sido expulsadas en todos los destinos de la geografía nacional. A muchas religiosas las han llevado a los cuarteles y comisarías, corriendo mucho peligro el voto de castidad. En todas las escuelas y colegios católicos, han sustraído todo el mobiliario e instalado en esas facilidades, escuelas laicas mixtas de hombres y mujeres, de donde se espera solamente la corrupción y la maldad.

La inmoralidad se ha extendido a tal grado, que han profanado no sólo las imágenes piadosas, sino violado monjas, llevándoselas forzadas

En Monterrey, Antonio Villarreal cerró las iglesias en abril de 1914 y, en Yucatán, Salvador Alvarado convirtió el elegante Palacio del Arzobispado de Mérida en una escuela normal para maestros.

He visto en México, con gran pena de mi alma, la triste suerte de muchas religiosas que han sido víctimas de las desenfrenadas pasiones de los soldados. Encontré a muchas que lloran su desgracia y que están próximas a dar a luz. Otras que, dejándose llevar por el despecho, se han entregado a la vida mala y llenas de desesperación y vergüenza, se quejan contra Dios, diciendo que las ha abandonado.

He visto también a muchas religiosas de distintas órdenes, vestidas a la última moda, asomándose a los balcones perdiendo el poco pudor que les queda y ahora cantan y tocan el piano todo el día y esto, dicen que es para disimular que son monjas por temor a que se las vayan a llevar los carrancistas. Algunos sacerdotes dignos de crédito me han informado que en sólo una casa de salud que está por la Rivera de San Cosme, se encuentran 50 religiosas que se llevaron los soldados y de las cuales 45 están próximas a dar a luz.

Todos estos horrores me han obligado a venir hasta esta Isla de Cuba, en donde me he venido a refugiar, traje conmigo a varias novicias para alejarlas del peligro de lo que sucede en lo que ellos llaman el "Nuevo México".

En esos términos se expresó mi poco probable parienta, la priora María Elías del Santísimo Sacramento. En condiciones similares recibíamos las voces de todos los rincones del país.

En el primer periodo de mi gestión como gobernador de Sonora, ordené la expulsión temporal de todos los sacerdotes del estado, en espera de que se impusieran las condiciones que hicieran posible neutralizar a los llamados Ministros de la Fe, que en esos tiempos eran agentes claros de la intriga traicionera.

La impostura moral de los prelados comenzó a conocerse. Nosotros en el gobierno de Sonora, habiendo abusado del derecho a la privacidad y con el servicio de correos bajo nuestras órdenes, abrimos correspondencia del obispo y así descubrimos la existencia de epistolarios entre varias señoritas de la sociedad hermosillense, en las que se pusieron en claro las relaciones íntimas que sostenían con el obispo local.

Tales circunstancias habrían de repetirse eternamente. En México, el abuso de carácter sexual sobre personas de ambos sexos por parte de los religiosos se ha repetido a través de los años.

RAPSODIA SÉPTIMA

Pancho "El Charrasqueado" contra Aquiles

Voy a contarles un cuento muy mentado
Lo que ha pasado allá en Chihuahua
La triste historia de un bandolero atrabancado
Que fue arbitrario, iletrado y soñador.

Villa se llamaba y lo apodaban "El Charrasqueado".
Un día cualquiera que andaba desvariando
A un comedero le corrieron a avisar:
"Cuídate, Pancho, que por ahí te andan buscando,
Son muchos hombres, no te vayan a tronar".

No tuvo tiempo de montar en su caballo.
Rifle en mano se le echaron de a montón.

Ya los rancheros van bajando
A un líder muerto que lo llevan a enterrar.

Aquí termino de relatarles este cuento
De Pancho Villa bandolero, charrasqueado y triunfador
Que se creyó del destino consentido
Y murió asesinado y perdedor.

L os veranos en Huatabampo eran tórridos. Nos sentamos a la sombra de un gran álamo y María Tapia, la esposa de Obregón, se acercó y nos arrimó un pisto.

—Ahora, señores, van a probar una granada sonorense, van a tomar este juguito de naranja al que le he echado bacanora. Estos cañonazos no los resiste ningún general —dijo María graciosa.

Se retiró y nosotros continuamos la conversación en torno a los sucesos políticos que se originaban en la capital. Esa tarde compartimos las memorias que se habían generado con motivo del enfrentamiento con Villa.

—Qué ingrato nos resultó el viejo Carranza —dijo Obregón—. Hay momentos en que he llegado a pensar que le llegó la edad. Nadie imagina la cruda realidad de la batalla encarnizada que sostuvimos en Celaya —remató.

Las condiciones políticas se habían venido deteriorando sin remedio y Villa insistía en desconocer al jefe Carranza. El combate final se daría pronto, la División del Norte había desplazado grandes contingentes y piezas de artillería hacia las rutas del sur. Iban en busca de Obregón.

El estado mayor de Villa incluía la presencia del general Felipe Ángeles, distinguidísimo divisionario de la Escuela Militar Francesa y miembro destacado del Ejército Federal en tiempos de don Porfirio.

Obregón contaba primordialmente con la ayuda de Benjamín Hill. Además, en aquel momento de la batalla de Celaya, Obregón contó con la participación de una brigada brava al mando del general Joaquín Amaro, soldado ejemplar que llegaría a ser el constructor del ejército moderno.

Amaro arrimó más de quinientos hombres con un historial probado de arrojo y experiencia. Ante el temor de que éstos pudieran ser confundidos, los hizo vestirse con los uniformes del presidio local. Los rayados de Amaro, así conocidos, fueron fieles custodios de un flanco crucial en la batalla decisiva.

De antemano Obregón sabía que, contando con fuerzas notoriamente inferiores, tenía que basar su estrategia en esperar al enemigo. Dejó que Villa lo sitiara. Álvaro emplazó la fuerza de su caballería a diez kilómetros en la retaguardia, llegado el momento las fuerzas montadas se sumarían a la lucha. En tal ocasión, las hordas villistas tendrían que acusar el desgaste que les causaría las andanadas de metralla desde los flancos.

Obregón había diseñado una serie de trincheras individuales que le dieron alternativas de guerra peculiares en su defensa.

El uso inteligente de la artillería causó destrozos entre las columnas villistas que, bien montadas, llegaron envueltas en una polvareda infernal, atacando de frente sin pausa.

Jinetes y caballos rodaban despedazados por la campiña guanajuatense. En el curso de esa batalla épica, el fragmento de una granada le arrancó de cuajo el brazo derecho a Obregón, quien, de pie, pensó que se desangraba; la perspectiva de morir así, lo hizo buscar su propio revolver para quitarse la vida. Un desperfecto mecánico en la pistola evitó lo que hubiera sido una tragedia. Este incidente lo marcó para siempre como "el manco de Celaya".

En alguna forma el caudillo ejecutó contra Villa una estrategia de debilitamiento que le dio la victoria. Finalmente la caballería del sonorense recibió la señal, las bajas fueron considerables, centenas de evidencias luctuosas entre la militancia en los célebres Dorados quedaron desparramadas por la tierra de magueyes.

Tres días después, se hizo silencio de muertos. Los cielos parecían poblados de golondrinas primaverales; en vez, fueron las aves de la muerte quienes se presentaron a disfrutar de la carnicería que se había dado en la tierra. Habían sido miles. Sobre el campo los cadáveres diezmados y los cientos de caballos despanzurrados crearon la fetidez de la muerte. Los vientos de la primavera transportaron el horror a largas distancias.

¡Aquiles había derrotado a Pancho "El Charrasqueado"!

Tras la derrota de Villa y la División del Norte, el camino estaba despejado. Había llegado el tiempo en que el jefe Carranza tendría que consolidar los avances y darles sustancia legal. Después, completado su periodo presidencial, nosotros habíamos consentido con él nuestra participación política en 1920. Nunca lo engañamos.

En medio de esa conversación y los recuerdos, la tarde se escapaba y María regresó hasta el álamo para llevarnos unos cafés bien cargados.

—Aquí les traigo señores, para que se les aclare la cabeza.

Yo escuché asombrado el relato que me había confirmado Álvaro, no se dieron en los anales de la Revolución batallas de esa importancia.

—No, Plutarco, la lealtad con el señor Carranza cumplió su término. Hasta un brazo mocho me dejó. Ahora él debe cumplir lo acordado; yo me la juego en las próximas elecciones. A él no le puedo dar más. Todo lo que deseo es que no me estorbe.

Gobernador

En el más caro de mis sueños, siendo ayudante de profesor en el Colegio Sonora, en Hermosillo, no habría de imaginar que sería ungido por las condiciones políticas que prevalecían en el momento. "Nada sucede", seguía repitiéndome, "sin la voluntad del hado universal". Más todavía, quién iba a decirme que aquel muchacho que fue mi alumno en mi breve actuación en el magisterio de Hermosillo, el otro patasalada, Adolfo de la Huerta, compartiría en plazos diferentes la misma gubernatura.

Yo lo fui en tres ocasiones: la primera en 1915, cuando el 4 de agosto el jefe Carranza me nombró gobernador y comandante militar, esto duraría hasta el 16 de mayo de 1916. Después, ya constitucionalmente, del 30 de junio al 15 de julio de 1917. Éste fue el periodo más breve; luego, finalmente, del 18 julio de 1918 al 1 de septiembre de 1919. En suma, sería yo gobernador del estado por sólo veintitrés meses, en virtud de los cambios que se dieron, incluido el llamamiento del presidente Carranza para colaborar en su gabinete presidencial en 1919.

—Vengo a que me entregues la gubernatura, Plutarco —dijo Fito de la Huerta. Yo me sentí ofendido y de plano agarré una tranca en una noche de decepción. Fito fue paciente y conductivo a que aceptara yo las nuevas encomiendas del jefe Carranza. Tuvo razón. Carranza tenía otros planes y me convocó para otras acciones; en ese tiempo, De la Huerta y yo fincamos una sólida amistad.

Mi actuación en la gubernatura siguió las tendencias reformistas que ya se llevaban a cabo en otras entidades. Sonora también fue parte del laboratorio donde se probaron varias doctrinas.

En otros lugares ya se habían iniciado; mi amigo, el general Salvador Alvarado en el gobierno de Yucatán, continuamente me informaba de sus iniciativas. Así se dieron los temas de los salarios mínimos, la implantación de las leyes del divorcio y la creación de instituciones educativas. En mi caso la fundación de la Escuela Normal habría de transformarse en uno de mis más caros anhelos en Sonora. El espíritu del magisterio no me había abandonado.

El establecimiento de mis programas de gobierno no tenía nada de innovador, hacíamos lo que señalaba el código revolucionario en materia social. Moral y educación fueron los valores indisolubles. Siempre estuve convencido de que el yugo de la ignorancia debía ser removido de nuestro pueblo para encaminarnos a la senda de la civilización.

Nunca imaginamos que lo que concebimos en la joven Revolución terminaría tambaleándose.

En la primavera de 1916, Francisco Villa se encontró defraudado por negociantes de armas en la frontera. El jefe Carranza había logrado que se vetara la venta de armas a Villa. Cuando éste se enteró de la negativa gabacha, tuvo un acceso de ira y en el mes de marzo, en medio de una noche de excesos, se llevó seiscientos hombres hasta la frontera y perpetró un asalto a la población de Columbus en el estado de Texas. Los daños fueron severos y cobraron varias víctimas.

Apenas dos semanas después, la nación americana, en represalia por lo sucedido, organizó una columna militar encabezada por el general Pershing, quien después dirigiría los ejércitos de Norteamérica en la Primera Guerra Mundial.

Cuando la expedición punitiva cruzó México en busca de Villa, don Venustiano notificó al presidente Wilson que México no aceptaría la imposición de sus tropas en el territorio nacional. Éste respondió que ellos sólo pretendían castigar al bandolero y no aceptaron las restricciones mexicanas; más aún, Pershing notificaba a sus superiores el no entender cómo de una buena vez por todas no ocupaban todo el país.

Lo que seguramente ocurrió es que se percataron que la conquista del territorio nacional incluía algunos millones de la raza prieta, como ellos decían.

El tamaño de la columna dirigida por Pershing incluía cuerpos de caballería, ejército de a pie y algunas piezas de artillería. La misión: ¡terminar con Villa!

Se internaron en el estado de Chihuahua y, por semanas, ni rastro de Villa, éste que se encontraba herido, se refugió en una cueva primitiva y ahí estuvo hasta que los americanos, ya aburridos de buscar una aguja en un pajar, decidieron regresarse.

Para entonces, el presidente Carranza había resuelto detener a la columna justiciera con sus propias fuerzas. Pershing y compañía sufrieron varias bajas, al igual que los nacionales. De cualquier forma, ya se iban de regreso.

El teatro de la gran guerra reclamaba la presencia de tan distinguidos militares yanquis. La oficialidad del cuerpo selecto incluía a los tenientes Patton y McArthur, destinados a convertirse en generales estrellas de la Segunda Guerra Mundial.

Cuando la expedición punitiva ingresó a México, los seguidores de Villa no superaban mil jinetes; a raíz de la invasión extranjera, se dieron voluntarios por todas partes dispuestos a ofrendar su vida y salvarla de la ocupación foránea. Al irse los gringos, Villa abandonó la cueva ya curado y, además, con diez mil hombres.

Vientos discordantes

En 1918, los tres mosqueteros, Álvaro Obregón, Adolfo de la Huerta y yo, habíamos consolidado nuestra posición política en Sonora. El ex gobernador Maytorena resultó chaquetero. Recuerde el lector que después de ser maderista y pretender ser carrancista, optó por unirse con Francisco Villa; cuando éste fue derrotado, Maytorena pasó a la historia.

En ese momento nosotros tres veíamos el presente del terruño en forma muy optimista y ocupamos las posiciones clave que nos permitieran acciones concretas para consolidar nuestra Revolución.

Álvaro Obregón, que entonces fue ministro de Guerra en el gabinete del presidente Carranza, renunció a su posición para retirarse temporalmente a su rancho en el norte del país. El pretexto que el general Obregón utilizó era válido; le caía bien un alejamiento de la vida de gobierno, se dedicaría a sus negocios de carácter agrícola. El garbanzo era sin duda una empresa provechosa y Obregón era hombre de la tierra, sabía trabajarla y sus actividades agrícolas generalmente le resultaban productivas.

Desde entonces pensé con absoluta claridad que guerrear no basta, es menester hacer país. En mi gestión de gobierno en Sonora tuve además suerte y las finanzas del estado marchaban inmejorablemente.

En la exportación de los minerales se recuperaban dólares, la hacienda pública sonorense entonces mostraba un claro superávit. El ministro de Hacienda del señor Carranza, Luis Cabrera, no estuvo de acuerdo con mi política hacendaria, nuestras finanzas ciertamente eran mejores que las de la realidad nacional. Nuestras exportaciones minerales en dólares hacían de la hacienda sonorense cifras antojables. Con todo ello nuestras finanzas lamentablemente pasaron a ser parte de la gran manipulación del centro y con ello se perdió salud financiera.

Mientras tanto, a mí se me había designado comandante en jefe de los ejércitos del Noroeste, esta maniobra ordenada por el jefe Carranza resultaría benéfica pues, con Adolfo a la cabeza del estado, y yo mismo responsable de los recursos militares, en el peor de los casos Sonora estaría en posición de defender su soberanía.

El doloroso 1917

Se van mis viejos, se van. Con ellos desaparecen mis raíces y el más leal de mis afectos.

En mayo de ese año aciago, yo era el gobernador en Sonora. Encontrándome en Agua Prieta, vino hasta mí uno de mis ayudantes:

—Señor gobernador, venga de inmediato, su padre se muere —me trasladé hasta las instalaciones del modesto hospital.

Mi padre, Plutarco Elías Lucero, agonizaba obnubilado por los fantasmas que le atormentaban y el alcohol que había devorado su hígado. La cirrosis lo sentenció. Don Plutarquito apenas alcanzó a despedirse:

—Adiós hijo, perdóname. Me siento muy orgulloso de ti —después su mirada se perdió en la nada y percibí cuando se le escapó la vida. Sentí un gran dolor, no había previsto la humedad de mis ojos dolientes.

Se fue sin asistencia sacerdotal, no había sido un católico devoto y se sentía orgulloso de la bandera del juarismo liberal defendida por su padre, el coronel José Juan Elías.

La cadena de estirpe con los Elías se había roto. El próximo eslabón era yo.

En una procesión de autos viejos y dolientes modestos, acompañé a mi viejo hasta su última morada.

El destino marcó sus ritmos y el tiempo ejecutó sus mandatos.

Recibí noticias de "La Buki", mi sibila siempre fiel.

—Cuidado, coronel Plutarco, hay nubes que cubren tus estrellas, presiento penas próximas.

Y bien que no se había equivocado, el telégrafo fue portador de terribles noticias: mi tío Juan Bautista Calles, quien al parecer ya traía la cabeza extraviada, había muerto inesperadamente en Hermosillo.

Tuve que retirarme por un buen rato para dar tregua a mi duelo contenido. Al encontrarme a solas, sollocé mientras pensaba:

—Viejo querido, padre amante que supiste recogerme cuando yo sólo era un accidente en tu vida. Tú y la tía Pepita protegieron mi orfandad y me ofrecieron su posada y su nombre. Después yo encontré el mío.

Me parecía escucharlo en cada momento, fue un viejo encantador, amiguero y querendón.

Me engañaste de nueva cuenta, contaste otra mentira, dijiste que no ibas a morir nunca.

Me voy al gabinete de Carranza

El presidente Carranza sorpresivamente determinó asignarme una cartera en su gabinete. Resultó halagador, pero al mismo tiempo me hizo preguntarme: ¿Qué es lo que sucede señor presidente?

Antes de mi salida a la capital, me reuní con Álvaro y comentamos mi designación. No fue difícil aceptar que la motivación de esta maniobra tenía por objetivo el debilitamiento del triunvirato sonorense y el de mantenerme alejado del propio Obregón. Carranza sabía que los tres mosqueteros contábamos con un capital político que bien podía gestar una estirpe de poder.

—Aceptemos Plutarco, que en la corte del jefe Carranza tendrás oportunidad de enterarte de las intrigas palaciegas —señaló Obregón.

Mi llegada a la capital difirió en experiencia a la primera vez, dos eran las razones: la primera, que ahora era yo general del ejército y la segunda, que evidentemente ocuparía un puesto de carácter ministerial en la propia corte de los poderes contemporáneos.

Antes habíamos hablado algo de ello, Obregón dijo:

—Alerta, Plutarco, a mí tampoco me parece totalmente razonable lo que nos está haciendo el viejo, no sé qué pasa, a mí se me hace que ahora le da por desconocer nuestros acuerdos.

Cuando el señor Carranza asumió su puesto constitucional, o sea, ya elegido por el voto popular, no solamente por la propia Revolución, se inició el periodo en que él estuvo al frente del éxito del constitucionalismo. Sin embargo, el acuerdo era claro: nosotros lo habíamos llevado al poder, que además era legítimo, y él a cambio sabría reconocer nuestra ambición; cuando él terminase su periodo, nosotros participaríamos en las elecciones presidenciales. Obregón era el destinado a manejar nuestra bandera, eso era clarísimo.

Carranza, de momento, pareció dudar o pretender que ya se le olvidaba lo consentido.

Yo llegué a la Ciudad de México y, como siempre, fueron a recibirme los oficiales encargados por la presidencia de la República y me trasladaron hasta el Hotel Saint Francis, que cada día cobraba más prestigio entre los huéspedes políticos del momento.

Dos días después de hacerme presente con el sastre de moda, don Benjamín Burillo, me hice un atuendo que jamás hubiera imaginado, nada menos que la levita tradicional con camisa y chaleco, pantalones a rayas y saco negro de una formalidad que yo solamente veía en las revistas.

Tan drástico fue mi cambio que no pude menos que recordar las épocas de mis grandes limitaciones. Quién me viera a mí, al patasalada guaymense, al maestro del Colegio Sonora, ahora ministro de Industria, Comercio y Trabajo del presidente Carranza.

El señor Carranza me atendió como siempre generosamente y me explicó la noble tarea que él deseaba que yo le ayudase a realizar; le preocupaba desde luego su posición en relación con el mundo obrerista y le parecía, por las referencias que ya tenía de mí, que yo era la persona adecuada para iniciar el diálogo entre gobierno y obreros en el momento en que se hizo necesario consolidar su mandato. Así fueron las circunstancias que rodearon mis inicios ministeriales.

Yo era parte de un gabinete que siempre me vio con sospecha. A fin de cuentas, yo era el general Elías Calles de Sonora y aliado de Álvaro Obregón.

Los tiempos corrieron con velocidad y empezó a propagarse la noticia de que un civil, el ingeniero Ignacio Bonillas —a quien yo conocía desde Fronteras—, sería el candidato presidencial por parte del partido político que favorecía el jefe. La noticia nos desconcertó por completo, era totalmente absurda y carente de congruencia.

De no ser estrictamente una forma de imponer su voluntad por capricho, la designación de Bonillas a todas luces parecía una clara locura de Carranza. Nuestra participación política en las elecciones de 1920 siempre estuvo en la agenda de nuestros acuerdos. Obregón sería el candidato. Nunca antes hubo regateos.

El viejo Carranza sacó la baraja de Pablo González, haciéndolo aparecer como candidato a la presidencia. Eso sólo era una distracción pasajera. El general González era un militar distinguido, pero su prestigio no le alcanzaba para igualar a Obregón. El candidato real de Carranza, todos lo sabíamos, era míster Bonillas. Las hazañas militares de Obregón tenían al pueblo mexicano embrujado. Aún así, la colaboración mía con el presidente Carranza siguió prácticamente igual por algún tiempo; mi estancia en esa posición duraría, si acaso, ocho meses.

El 1 de febrero me vi obligado a renunciar. Fui a despedirme del jefe Carranza; nunca olvidé esa reunión que tuvo tintes emotivos y dramáticos.

—Hasta luego, señor general Calles, no sabe cómo lamento su dimisión. Ha sido para mí satisfactorio comprobar la efectividad y el esfuerzo que han marcado sus actividades. Su contribución en la resolución de los conflictos obreros ha dejado a mi gobierno en una posición razonable para negociar con el obrerismo nacional. De verdad siento mucho que se vaya, Plutarco.

—A mí también, señor presidente, me da pena dejar su compañía. He aprendido de usted muchísimo, siempre ha sido un ejemplo al que le debo no sólo respeto, sino gran admiración.

El viejo se paró, le dio vuelta a su escritorio y vino hacia mí, me dio un abrazo fraternal, una vez más nos pusimos de frente y le dije:

—Señor presidente, usted sabe muy bien que soy partidario del general Obregón y que he de dedicar mis esfuerzos a promover su candidatura presidencial.

El viejo adquirió las características de la terquedad que le eran propias.

—Al general Obregón lo respeto, sin embargo es menester que él respete a las instituciones del país —me di cuenta que nada había que hacer, marché hasta mi casa con las malas noticias.

—Nos vamos de regreso —le dije a mi familia. Ya imaginarán las protestas que hubo por parte de ellos. No les duró mucho el gusto; habían transcurrido algunos meses desde que habían venido hasta la capital y ahora ocupaban la encantadora mansión de los Martínez del Río, familia de perfumados orígenes y que se encontraba precisamente a orillas del Bosque de Chapultepec.

Con motivo de mi renuncia al gabinete, regresamos a Sonora para encarar el futuro. La prole marchó obediente de regreso hasta la casa de mi suegro en Nogales. Para entonces, tenía nueve de familia.

En Sonora me volví a reunir con Álvaro, con quien siempre mantuve una comunicación constante y cifrada. Yo advertí durante mi estancia en el gabinete presidencial una tendencia general para tratar de descalificar a Obregón a la primera magistratura. Nos habíamos convertido en un estorbo para Carranza. El pacto de lealtad había quedado en el olvido.

Personalmente hube de tratar con el ingeniero Bonillas el tema de su candidatura presidencial y le manifesté que el

ALFREDO ELÍAS CALLES

capricho de Carranza no le haría ningún bien ni a él ni a la nación. Aún así, Bonillas, que había venido fungiendo como embajador mexicano en los Estados Unidos, ya era percibido en el ámbito nacional como "míster Bonillas", su formación académica y estilo de vida eran totalmente americanos. Olía a perfumado.

Él, aunque era un buen hombre y decente, se inclinaba decisivamente del lado de los gringos y tenía conceptos de gobierno conservadores. No tenía el pobre hombre la menor idea de dónde se estaba metiendo, el país era una manada imposible de manejar, a menos de que se tuvieran las condiciones de liderazgo y autoridad para contener a la fiera, como nos habría de prevenir don Porfirio antes de irse. Una vez despertada la jauría, se necesitaba un carácter muy fuerte para controlar a la nación. Bonillas no era el hombre.

Las condiciones siguieron deteriorándose, al punto en que se empezaron a fomentar rumores de carácter belicista. El general Diéguez, desde el sur, siguió en el empeño de hacernos creer que se trasladaría al frente de las fuerzas de Carranza hasta donde nos encontrábamos.

Nada de eso era materia de inquietud. Sabíamos que la fuerza estaba con nosotros, teníamos el mejor contingente guerrero del país y, además, un líder fuera de serie. Obregón vencería cualquier resistencia en ese momento.

Se fue Zapata

Camino al ferrocarril que me llevaría de regreso a la frontera, me alcanzó precipitado un oficial del Estado Mayor del presidente Carranza.

—Mataron a Zapata —dijo agitado.

Me causó gran impacto.

El héroe sureño había sido emboscado por el coronel Guajardo. Éste, fingiendo ponerse del lado de Zapata, lo invitó a comer a la hacienda de Chinameca, para celebrar su alianza.

No bien traspuso los arcos de la hacienda de Chinameca, en Morelos, aparecieron sobre los techos los matones que, al tener a Zapata en la mira, lo llenaron de metralla. Sobre la tierra de barro de Morelos, el cuerpo del líder del sur cayó sin vida. Los hacendados habían conseguido darle un golpe letal a la Revolución.

La memoria de Zapata se estableció para siempre en la conciencia nacional.

Esto es lo que habíamos convenido
con el viejo Carranza

En su momento, cuando hicimos adhesión de principios, voluntades, hombres y armas al servicio del constitucionalismo, lo hicimos sin vacilar en defensa de la prédica política de don Venustiano.

Álvaro Obregón fue ungido por Carranza, él sería el Aquiles designado para combatir esa batalla de condiciones épicas que elevaría a uno a la gloria; el derrotado recogería los despojos. Obregón, venciendo a Villa, liquidó de un tajo la oposición verdadera que tenía el señor Carranza en su ambición de la reconstrucción nacional. Sin Obregón, sin nuestro apoyo generalizado en todas sus formas, el señor Carranza hubiera fracasado.

Había llegado el momento de pagar.

La rebelión de Agua Prieta

El jefe Carranza se empeñó en una campaña de desprestigio hacia los "militares". Decía que la salvación de México era el civilismo y, basado en esta idea, impulsaba la campaña en favor del ingeniero Ignacio Bonillas, míster Bonillas.

De claras tendencias conservadoras, Bonillas concibió con el jefe Carranza un ideario de franco corte moderado. Parecían discípulos reformados del porfirismo. Resultaba difícil reconocer al señor Carranza.

El ejército se obregonizaba por semana, la realidad era inminente, pero a pesar de todo Carranza no cedió.

Adolfo de la Huerta, el gobernador estatal, formalizó los acuerdos que llevaron a Sonora a desconocer al gobierno de Carranza.

Yo, entonces, responsable de las fuerzas militares del estado, abracé la causa de inmediato y le solicité a Fito que el plan se promulgara desde mi pequeña República en Agua Prieta, aquel punto modesto en la geografía de frontera, que tanto había tenido que ver con mi vida.

Mientras que estos acontecimientos imponían su ritmo sobre la agenda política, yo mismo experimentaba la emoción de saber que Amanda Ruiz, la joven aguaprietense de diecisiete años y de la que había yo estado enamorado, llevaba en el vientre el fruto de nuestro amor. Ese año de 1920 nació mi hijo Manuel. Naturalito, como hubiera dicho mi abuela Bernardina, vivito y coleando. Natalia, mi esposa, nunca lo supo. Después, a mi solicitud, todos mis hijos abrazaron a Manuel y lo instalaron en sus corazones para siempre.

El 23 de abril de esa primavera tórrida, desde un modesto salón en Agua Prieta, Sonora, leí ante los representantes de la vida estatal el Plan de Agua Prieta. La proclama nacional encendió las conciencias de sectores vitales en el país, particularmente las del ejército que resintió la discriminación injusta al héroe de los tiempos.

Sonora desconoció a Carranza.

Siempre me mortificó que el jefe hubiera sacrificado su relación con nosotros por pura necedad.

A su mandato le faltaban seis meses. Sólo hacía falta concluir el periodo constitucional y permitir el libre ejercicio del sufragio. Así de simple. Obregón, en ese momento, gozaba de las simpatías de la nación en forma aplastante.

¡Vámonos recio!

¡Qué pasa señor Carranza, qué pasa!

El gobierno de Carranza inició acciones contrarias a los intereses de Sonora; nosotros lo interpretamos como una clara violación a nuestra soberanía.

El gobierno del jefe adelantó medidas de carácter federalista metiendo las manos en el manejo del río San Miguel de Horcasitas y, lo más importante, el río Sonora.

Según el propio Adolfo de la Huerta, muy dado a revisar la absoluta legalidad de las acciones, dijo enfáticamente que se trataba de una violación muy clara a la ley y que los ríos del estado no podrían ser manipulados por el poder del centro, pues ello constituía una clara falta a la integridad de la entidad.

Los vientos de rumores militares que nos llegaban nos prevenían de la posibilidad de que el general Diéguez fuese enviado por Carranza en misión de carácter dudoso; de inmediato pensamos que eran tácticas intimidatorias. Este comportamiento del jefe no era congruente.

Álvaro Obregón fue convocado por los tribunales en la Ciudad de México para desahogar una diligencia que le había fincado el general Cejudo. Esa estrategia obedeció a la decisión de Carranza para apresar al general Obregón y así inhabilitarlo para participar en las elecciones presidenciales.

Encontrándose en la Ciudad de México, Álvaro descubrió el ardid que habían concebido para sorprenderlo.

En una noche tempranera y acompañado de amigos, el general Obregón paseaba por la Ciudad de México en un automóvil y de pronto se percató de que agentes policiacos lo seguían, en actitud sospechosa. Al transitar por la plaza Río de Janeiro, con el fin de perderlos, se arrojó desde el vehículo que lo transportaba y logró ocultarse en la vegetación.

Esa misma noche, más tarde, utilizando un atuendo que le proporcionó el ferrocarrilero Margarito Ramírez, escapó de la capital disfrazado rumbo al sur, donde lo cobijaría el general Figueroa.

Obregón, el dios de la guerra en la mentalidad popular, se perfilaba a la posición conquistada con el esfuerzo de las armas. De eso no había duda alguna.

Rumbo a Tlaxcalantongo y a la otra vida

El jefe Carranza repitió las acciones de viejos tiempos y planeó cambiar la sede del Gobierno de la Ciudad de México hasta el puerto de Veracruz, como había sucedido seis años atrás.

Estas actitudes fueron motivadas por una paranoia absurda, pues desde siempre nuestros sentimientos hacia él eran respetuosos y nunca consideramos eliminarlo. Más aún, habíamos hecho una oferta formal de concederle un salvoconducto que le permitiera irse hasta la frontera. Lo único que pretendíamos era ir a las elecciones que nos darían el triunfo. Lo demás fue estrictamente su imaginación.

No faltó quien insinuó que lo que pasaba con el jefe Carranza era el haber contraído el mal "del rey viejo". El monarca que se niega a abandonar su poder a favor de su sucesión.

Carranza decidió en forma apresurada la evacuación del gobierno en el mes de mayo. De manera precipitada fueron subidos a bordo del ferrocarril registros, máquinas, archivos y demás componentes de la administración. Además, en un carro especial, el contenido de las Arcas del Tesoro Nacional con las existencias de oro que quedaban.

La burocracia también fue compelida a trasladarse hasta el puerto para seguir operando la maquinaria del gobierno. En la estación Colonia se dio el espectáculo desordenado de una multitud de carga improvisada, y de cientos de componentes de la burocracia nacional. Se iban hasta el Trópico del

Golfo, enfundados en sus tacuches citadinos y los bombines de moda.

El general Obregón tomó especial cuidado en telegrafiar a todos los puntos de la ruta ferroviaria instrucciones precisas para que se respetara la vida del señor Carranza. Una serie de telegramas urgentes fue girada por el propio Obregón, particularmente al general Mariel, responsable del tren Dorado, como se dio en llamar al convoy que contenía los elementos ya descritos.

El general Murguía se hizo responsable de la seguridad como comandante militar y así, el tren se puso en marcha muy lento, pues la vía presentaba sabotajes en todo el trayecto.

Se había decidido que la retaguardia del convoy fuese cubierta por un destacamento de jóvenes cadetes del Colegio Militar. El jefe Carranza lucía sin abatimiento alguno y se sentía muy tranquilo con la presencia de los jóvenes cadetes.

El convoy se detuvo en Aljibes. Ya en territorio poblano, se hizo manifiesto que continuar por la vía no resultaba posible. No faltó quien sugiriera que la comitiva presidencial debería cruzar a caballo la sierra de Puebla; el tren los alcanzaría después, una vez reparadas las vías. Por el momento, el recio Carranza habría de montar como lo haría tantas veces. La emprendieron para el monte.

El jefe agradeció la compañía de los jóvenes cadetes y les rogó que regresaran a la ciudad.

Rumbo a la sierra, se les juntó un general de origen porfirista: Rodolfo Herrero, quien se ofreció para conducirlos entre los cerros y luego sugirió pasar la noche en Tlaxcalantongo, donde había algunos jacales dispersos, que servirían, al menos, para protegerse de la lluvia, que era intensa.

Avanzada la noche, en medio del aguacero, se inició la balacera sobre los modestos refugios. El fuego nutrido sobre el jacal presidencial fue definitivo. Carranza alcanzó a musitar que le habían roto una pierna, después no dijo nada. La vida le había sido robada. Sencillamente, lo había matado ese animal que los seres humanos llevamos dentro; Herrero, para posicionarse ante Obregón, improvisó el asalto en aquella noche de tormenta. Cuántas veces repitió el viejo don Porfirio la sentencia: la fiera anda suelta.

El mismo día, el general Álvaro Obregón recibiría un telegrama de Julia, la hija del jefe Carranza.

¡Se ha ganado usted una enemiga de por vida! Julia Carranza.

La muerte del señor Carranza dejó a la patria sentida, había desaparecido un distinguido caudillo. El jefe Carranza vivo nos hubiera sido muy valioso. Formalmente le había sido ofrecida su salida del país en forma pacífica.

Decía Villa que Carranza era imposiblemente terco. Sin comentario. Los hechos probaron esa gran verdad; mejor aún, si al menos hubiese terminado su mandato en paz, todo lo demás se hubiera resuelto de acuerdo con el dictado de los tiempos.

México marchaba ya al ritmo de un tambor y el carrancismo equivocó el paso.

Presidente interino

A don Venustiano le quedaban seis meses para concluir su mandato y yo pensé: "Qué viejo más necio... O quizá es más adecuado convenir que el carácter veleidoso del poder altera la integridad racional de los hombres".

Llegado el tiempo, Carranza no asimiló la salida y los eventos lo arrollaron.

Después de la muerte del jefe, el congreso nombró provisionalmente a Adolfo de la Huerta presidente de la República. El interinato duraría apenas unos meses.

El presidente De la Huerta me nombró secretario de Guerra y Marina.

—¿Por qué nombraste al menos general de los generales secretario de Guerra? —le dijo Álvaro a Fito al enterarse de la noticia.

A mí no me molestó la aguda observación, yo sabía bien que el general Obregón estaba convencido de que yo, aunque un militar competente y disciplinado, de ninguna forma era "guerrero al natural".

En los tiempos se dio la grave necesidad de darle estructura al ejército mexicano. Nombrar a la cabeza de la cartera de Guerra y Marina a un general experimentado no era suficiente. De ésos había varios competentes: Benjamín Hill, Salvador Alvarado, Diéguez y Murguía.

El presidente me solicitó ejecutar un vasto programa que permitiese la organización de un Ejército Nacional confiable, sostenido por un armazón que lo hiciera sustentable. Yo tuve la enorme satisfacción de llevar a cabo el mayor programa de reformas en el ejército, compartiendo la tarea con Joaquín Amaro, un militar ejemplar.

En esos breves meses que el presidente De la Huerta gobernó a nuestro país, se impuso la tarea, con nobles intenciones, de pacificar a la República. Negoció y ejecutó tratados con varios jefes rebeldes en el país para que depusieran las armas y licenciaran a sus cuerpos armados.

El caso más importante fue el de Francisco Villa, a quien, a condición de su rendición, se le había ofrecido asignarle la hacienda de Canutillo, con superficie arable y, además, una subvención que le permitiera, en forma pacífica, dedicarse a la labranza de la tierra, en compañía de cuatrocientos miembros de su amado cuerpo selecto, los Dorados.

El presidente De la Huerta también le ofreció incorporarlo al Ejército Mexicano. Esto último causó la ira del general Obregón:

—Señor presidente, sin ánimo de ofender, me temo que estás profundamente equivocado —le dijo a Fito—. Sobre mi cadáver, señor presidente; eso es una vergüenza. A Villa no se le puede ofrecer su ingreso al ejército mexicano después de todas las tropelías cometidas.

„Quiero recordarte, Adolfo —insistió Obregón— que Maclovio Herrera, antiguo lugarteniente de Villa, ya lo ha confrontado.

"Usted no es ni hombre, ni revolucionario, yo no estoy dispuesto a reconocer en usted a un militar con dignidad." Eso fue lo que le dijo Maclovio. Vaya atrevimiento, poco tiempo después Villa lo mató a él, a su hermano y a su padre. No en vano Villa sembró venganzas pretéritas.

—A Villa, señor presidente, no se le puede dar nada, lo que ya le ofreciste con todo y Canutillo, tienes que cumplirlo, lo del ejército absolutamente no —insistió Obregón.

Adolfo dio marcha atrás y le informó a Villa:

—La tierra sí, reconocerle su grado militar, también. Lo del ejército no.

Fito mostró amplias dotes diplomáticas que resultaron decisivas en la pacificación general del país. Recurrió a todos sus amigos y contactos, además de utilizar generosamente sus virtudes de caballero y encanto personal.

Cuando los conflictos nacionales dieron muestras de alivio, fue entonces hasta Baja California en busca de Cantú, de antecedentes de gobierno, el último rebelde inaccesible. Esta tarea no fue nada fácil, cuando la logró, yo personalmente había de reconocer que contábamos con un colaborador de gobierno, un mosquetero con grandes capacidades para resolver las tareas complejas de la concordia.

Ya antes, desde la gubernatura de Sonora, el mismo Fito había logrado la pacificación de los yaquis, haciendo con ellos arreglos que le devolvieron la tranquilidad al desierto sonorense.

—A este amigo tuyo, lo alimentan buenas intenciones, es confiable. Sin embargo, ten cuidado, él no es águila de temperamento, más bien venado asustadizo —me advirtió "La Buki".

RAPSODIA OCTAVA

M e comuniqué con Natalia hasta Nogales y le dije que se dejaran venir. Conseguí una casa en la calle de Marsella, en la colonia Juárez, que resultó idílica. Mis hijas apreciaron su nueva morada y la disfrutaron mucho, además se reconocía la buena raza, porque de verdad mis muchachas se ponían guapas. De nueva cuenta lograron convencer a un par de yaquis mansos para que ayudaran a la familia a manejar la casa.

Álvaro Obregón, presidente de todos

Todos somos obreros; todos somos campesinos; todos somos soldados; todos somos generales. Menos es el clero; todavía menos, los gringos.

En los días previos a las elecciones, en una tarde soleada de 1920, dando las cuatro y media de la tarde, Juan Silveti, "El Charro Torero", se paró frente a Obregón en una plaza de toros rebosante y, montera en mano, le dijo:

—Va por usted mi general, porque con el "Manco de Sonora", México se va pa' delante —inició el trasteo con la muleta y después de un par de doblones, le pegó una serie de naturales para cortarle al Burel las dos orejas. Así se selló con Obregón un trato de ganadores. Silveti miraba por su regalo; Obregón, por su triunfo.

La propaganda clerical en contra de la candidatura revolucionaria de Obregón se hizo sentir:

¡Alerta mexicanos!, el general Obregón, candidato a la presidencia, está en plena campaña para elegirse. ¡Todos sabemos que Obregón es un gran perseguidor de la iglesia, sería ridículo que la muchedumbre entusiasta, que glorificó al Pastor, ahora apoye a uno de sus más encarnizados adversarios! ¡No voten por Obregón!

Con la toma de posesión de Álvaro Obregón, los tres mosqueteros habíamos quedado instalados en el gobierno para el cuatrienio 1920-1924: Álvaro Obregón, presidente de la República; Adolfo de la Huerta, secretario de Hacienda; y Plutarco Elías Calles, ministro de Gobernación.

Me hubiera gustado telegrafiarle a "La Buki": "Las águilas tienen chamba".

Operación gobierno

El régimen de Álvaro Obregón se inició con tensiones de carácter internacional. Nuestros tradicionales vecinos ahora le negaban al general Obregón su pleno reconocimiento, a menos de que nosotros reconociéramos derechos relacionados con la explotación petrolera, que afectarían nuestra soberanía.

El presidente Obregón se vio forzado a negociar los Tratados de Bucareli, que incluían previsiones inconvenientes a la nación mexicana; era eso o no tener el reconocimiento gringo al gobierno. Esto último equivalía a la nula obtención de empréstitos que necesitábamos con urgencia para la reconstrucción del país.

Obregón accedió y las concesiones otorgadas eventualmente no tuvieron mayor trascendencia, pues la problemática la resolvieron tratados subsecuentes.

Por el momento, el secretario De la Huerta intervino en las negociaciones y a favor suyo puedo afirmar que Fito nunca estuvo de acuerdo con ellas. Sin embargo, serían otras sus actuaciones en su carácter de mediador internacional las que darían evidencia de la debilidad de sus convicciones y la fragilidad como hombre de Estado, que eventualmente le costaron la candidatura presidencial que él anhelaba.

Nos encontrábamos en el inicio de esta nueva administración obregonista cuando de nueva cuenta el clero manifestaba sus intenciones.

Precisamente en el centro geográfico de la República, en un cerro que se encuentra en Guanajuato, los curas, sin respeto alguno por las leyes vigentes en la materia, organizaron un evento masivo que congregó a más de cien mil personas que se dieron cita en el cerro mencionado.

Monseñor Filippi, el enviado papal, presidió las ceremonias para edificar el templo de Cristo Rey en el Cerro del Cubilete en Guanajuato. Este lugar fue teatro de una enorme concentración promovida por la iglesia.

El credo de las Leyes de Reforma y la Constitución de 1917 prohibían terminantemente celebraciones masivas de esta naturaleza fuera de los templos autorizados, sin importar el culto religioso que habría de celebrarse.

El presidente Obregón, irritado por el desacato católico, expulsó del país a monseñor Filippi. La ley al respecto siempre fue clara. El clero estaba en marcha. Nosotros también.

No es menester recordarle al lector que nuestro país siempre se ha debatido en la frontera de la supervivencia.

El ministro De la Huerta, responsable de la hacienda pública, se trasladó por instrucciones del presidente hasta Nueva York. Ahí se enfrentaría con la junta de banqueros que tenía negocios con México. Lamont, que los encabezaba, era un banquero astuto y de enorme influencia entre las grandes instituciones del dinero. Las negociaciones de Fito eran arduas y los temas difíciles de conciliar.

Había que pagar capital, intereses y además exigían compensaciones para sus conciudadanos, que pudiesen haber sido afectados por la Revolución. Había pagos inminentes y la tesorería escaseaba de la liquidez necesaria para hacer frente a los compromisos.

El oro nacional era exiguo y no fue posible concretar el conveniente plan de metalizar nuestra economía con la plata que era abundante.

Coincidentemente con las reuniones de los banqueros, el ministro De la Huerta enfrentó a los petroleros, un grupo de chacales explotadores, cuyos antecedentes negativos habrían de esclavizar a México frente a los Estados Unidos. De la Huerta titubeó en la estrategia que manejó frente a los estadounidenses. El presidente Obregón lo presionaba a diario con telegramas cifrados, exigiendo el cumplimiento de su voluntad.

Fito, además, se mostró inconsistente en sus comunicaciones. La respuesta de un lunes él la despachaba un miércoles y el resultado de la semana era capaz de prolongarlo hasta la siguiente. Además, solicitó permiso del presidente Obregón para visitar a su contraparte, el presidente Harding, en la Casa Blanca.

Los síntomas de inconsistencia en la conducta del ministro de Hacienda hicieron sospechar al presidente Obregón que Adolfo de la Huerta no era pieza para enfrentarse a los escualos norteamericanos.

Hombre decente, sí. Presidente de la República, sólo con esta virtud, no.

Crimen de Estado

Fue un 20 de julio. El general Francisco Villa, héroe de la mitología popular, murió abatido por setenta y seis impactos de bala que perforaron su materia.

No le dieron tiempo de montar en su caballo...

La trágica novela se completó, Villa, el revolucionario de mítica memoria, habría de trascender la realidad. Más que ningún otro personaje de la Revolución mexicana, incluido Zapata. Hollywood se encargaría de perpetuarlo.

En lo personal, siempre recordé mi entrevista con él en Ciudad Juárez. Reunión de broncos que se condujeron con cortesía. Dejé de verlo hasta ese momento, en que era ministro de Gobernación. Me había escrito cartas, entregadas por terceros, donde se mostró respetuoso y ofrecía su colaboración a nuestros esfuerzos de engrandecer la patria.

Los rumores de los espías que habíamos colocado dentro de la hacienda El Canutillo nos hicieron pensar que Villa se aprestaba a cobrarse la revancha. El riesgo parecía inminente, pues nunca asimiló su derrota frente a Obregón. El había acordado la compra de pertrechos con traficantes de armas. Todo era cuestión de tiempo.

Convine con el general Amaro que sostuviera pláticas con el diputado Salas Barraza, quien tenía cuentas pendientes con Villa y que a todo aquel que lo quería escuchar, le manifestaba que terminaría con él. Debo reconocer que ése fue un crimen de Estado. Ciertamente el gobierno no disparó las pistolas, pero nada hicimos para impedirlo.

Le había llegado el turno a México de empezar a construir una nueva nación; a causa de los enfrentamientos bélicos, la patria estaba desgastada.

La muerte de Villa fue pena para los suyos, regocijo para sus enemigos y tranquilidad para el gobierno de la República.

Visos de fractura

Desde que Adolfo regresó de Nueva York, no tuvo empacho en manifestar su descontento. Sin tapujos pronto me diría:

—¿Por qué me envían a Estados Unidos si no me tienen confianza?

Yo insistí que en verdad no existía mayor problema con el señor presidente:

—Te aconsejo que te serenes y por la ruta de la concordia, como bien sabes hacer, resuelvas este incidente.

Lamentablemente, las cosas no mejoraron. Obregón se había desencantado con él y pareció resuelto a retirarle su apoyo en la sucesión presidencial.

No fue sino hasta entonces que se presentó la alternativa concreta de que fuese yo el candidato presidencial de Obregón. En principio, Fito pareció inclinado a abrazar la idea de que yo fuera el elegido. Al menos eso pensábamos todos. De la Huerta, por entonces muy vulnerable a la lisonja, fue víctima de las especulaciones ambiciosas de algunos jefes que le ofrecieron su apoyo absoluto. Entre ellos se destacaban Enrique Estrada, Guadalupe Sánchez, los generales Manuel Diéguez y Fortunato Maycotte en el Sur, este último, compadre del presidente Obregón.

Toda esta gente era de calibre militar significativo. Entre todos estos aventureros, comandaban alrededor de sesenta mil hombres. Nosotros, por limitaciones de presupuesto de gobierno, no reuníamos más de treinta mil.

168

Cuando el presidente Obregón se enteró de las cifras, me dijo:

—No te preocupes, Plutarco, son puros pájaros nalgones.

Adolfo convalidó que no tenía intención alguna de lanzar su candidatura. Para entonces, se había iniciado la mía. En los círculos políticos del momento, la especulación de que Adolfo haría lo previsible se materializó.

Un poco empujado por los otros y otra parte por él mismo, se iniciaron las manifestaciones de apoyo a su candidatura. Surgieron evidencias de que en el grupo disidente él no llevaba las riendas. Los jefes que le habían prometido su apoyo incondicional no eran obedientes; ambiciosos sí.

Acorde con los tiempos, en el seno del gobierno vivíamos una merma significativa de la hacienda pública. El nuevo ministro de Hacienda obregonista, el ingeniero Pani, acusó abiertamente a su antecesor De la Huerta de ser responsable del caos financiero.

Fue necesario decretar una reducción del diez por ciento en los haberes de toda la burocracia y el ejército. Los tiempos se veían difíciles.

Nuestro amigo común, el diputado Luis León, en esas semanas enmarañadas vino hasta mí con un mensaje de Adolfo. Deseaba entrevistarse conmigo, al tiempo que me solicitaba consejo.

—Dile a nuestro amigo, que ya está a punto de dejar de serlo, que se cuide, que se lo van a comer. Que mi sugerencia es simple: ¡que no deje que lo pendejo se le suba a la cabeza!

Para no creerlo: De la Huerta desconoce el gobierno del presidente Obregón

Tuve que sentarme en una banca para asimilar el efecto que me produjo la lectura del manifiesto. Fito de la Huerta, nuestro entrañable amigo, desconocía al gobierno de nuestro jefe; en pocas palabras, se sumó a los alzados. Enrique Estrada, Aguirre, Manuel Diéguez y peor aún, Fortunato Maycotte, lo empujaron a asumir el papel directriz de la rebelión. Los generales que le proporcionaron las tropas y el armamento reclamaron cuotas de poder desde el principio. Lastimosamente para él, la conjura estaba destinada a fracasar. Adolfo de la Huerta la encabezó de puro membrete, los que mandaban eran ellos, los militares. Él casi no intervino, de pronto se encontró con la cruda realidad: sacrificó todo por nada. La amistad quedó sepultada por los tiempos.

Tronó el pum-pum. El presidente Obregón y yo mismo abandonamos los trajes citadinos y de nueva cuenta enfundamos las botas. Fuimos en busca de los generales bravucones que pensaron que acabarían con nosotros antes de las lluvias.

Empezaron los combates, se hizo evidente que carecíamos de efectivos suficientes para defender el gobierno.

Los líderes obreros, especialmente Luis Morones, proporcionaron grupos entrenados que lucharían al lado del gobierno. A estos clanes que resultarían decisivos, se les conoció como Los Batallones Rojos. El panorama empezó a inclinarse a nuestro favor.

Fui hasta el Norte a negociar pertrechos que harta falta nos hacían. Escaseaban los rifles adecuados y tuve que adquirir de emergencia una dosis importante de pistolas calibre .45.

Obregón habría de idear el uso de estas pistolas para ganarle una batalla a Enrique Estrada en Chihuahua. El general Quevedo urdió con Obregón el que la caballería llevara las carabinas terciadas sobre la espalda. Cuando los enemigos los vieron aproximarse, pensaron que iban a sumarse a la causa. Una vez realizado el acercamiento, sacaron las .45 y atacaron, causando la desmoralización entre las tropas de Estrada. En minutos, las fuerzas del gobierno al mando de Obregón dominaron el terreno.

En la península de Yucatán, las fuerzas de los rebeldes delahuertistas la emprendieron contra Felipe Carrillo Puerto y su partido socialista. Los grupos de la reacción se cercioraron de cumplir sus amenazas y, aprovechando la presencia de las tropas rebeldes, persiguieron al gobernador Carrillo Puerto, quien tuvo que huir de la plaza, acompañado de quince gendarmes.

Iban rumbo a Tizmín. Por el camino hubieron de detenerse en los pequeños municipios y recabar los fondos de las tesorerías. Ese día sólo consiguieron nueve pesos y, ante las demandas del pago de salarios, Carrillo Puerto les entregó la raquítica cosecha.

Los alzados habían enviado al militar Ricárdez Broca para capturarlos. El 21 de diciembre de ese año de 1923, fueron atrapados y llevados hasta la prisión de Tizmín, donde se enteraron de que tenían intención de fusilarlos.

Los poderosos hacendados henequeneros de Yucatán sentían franca antipatía por el gobernador socialista y deseaban aprovechar la oportunidad para liquidarlo.

A Carrillo Puerto le exigían cien mil pesos a cambio de su vida; no sólo eso, diez mil pesos adicionales por cada uno de sus tres hermanos, que estaban presos.

Las negociaciones de los rehenes eran manejadas telegráficamente y desde Veracruz el señor De la Huerta sugería que mejor los presos fueran enviados hasta el puerto. Las comunicaciones incipientes y su propia ambición hicieron que Ricárdez Broca decidiera fusilarlos.

El día 3 de enero, a las cinco de la mañana, Felipe Carrillo Puerto, el socialista renovador en el sureste y sus tres hermanos, Benjamín, Edesio y Wilfredo, fueron pasados por las armas ignominiosamente en el cementerio de Tizmín, en la península yucateca.

La incongruencia de esa barbarie inaceptable me provocó una impresión tan profunda que me llevó a la cama. Yo por Carrillo Puerto tuve un afecto casi paternal y una admiración por su conducta intachable. El aceptar que Adolfo de la Huerta pudo haber sido responsable de tal felonía acabó de liquidarlo en mi memoria.

El saludo fraternal que solíamos intercambiar en nuestro epistolario terminaba indefectiblemente en: "recibe todo mi cariño". Después de esto, se convirtió en silencio, para siempre.

Él solicitó en años posteriores un encuentro conmigo para explicarme sus razones. Yo ya no contesté.

Adiós para siempre, adiós

En la capital de la República se lograron descifrar algunos telegramas: Adolfo de la Huerta, titular de la rebelión sin cabeza, acompañado de los jefes militares fracasados, huyó hacia la costa norteamericana a bordo del cañonero "Zaragoza", de la Marina Nacional.

Nosotros lamentamos la pérdida de Adolfo y más aún, el fin de una amistad verdaderamente entrañable. Fito y yo éramos patasaladas guaymenses. De la Huerta, con su personalidad destacada, ascendió los peldaños del maytorenismo en Sonora. Recuerde el lector que, gracias a su influencia, fui nombrado comisario de Agua Prieta.

Obregón apareció después, él venía de Huatabampo y estaba destinado a guerrear. Eso lo hizo mejor que nadie.

Adolfo de la Huerta no era soldado, era refinado de trato e intelecto. Yo lamenté enormemente su baja. Aún más, sufrí la expiración de la amistad que habíamos tenido. Esto incluía a nuestras familias.

Lo de Álvaro era otra cosa; él era nuestro jefe. A pesar de ser contemporáneos, yo lo trataba con gran respeto; sin embargo, la relación personal era calurosa y también con finales epistolares de enorme cariño entre las partes.

Adolfo de la Huerta era miembro jurado del gabinete del presidente constitucional Álvaro Obregón; el haberse alzado en contra del gobierno al que pertenecía resultó indigno a la conducta de un hombre congruente.

En el gabinete de Obregón

Tuve el privilegio de compartir la experiencia de gobierno con el presidente Obregón en los cuatro años de su mandato. En ese periodo pude aprender de las nuevas realidades de la nación mexicana: México estaba empobrecido y había que impedir que los militares ambiciosos concibieran asonadas peligrosas, especialmente cuando contaban con recursos de hombres y armas.

El general Obregón fue un líder de cualidades excepcionales. En la experiencia de mi propia vida, jamás conocí a un ser humano dotado de tantas virtudes. Era de inteligencia clara y tenía una personalidad arrolladora. El caudillismo de Obregón resultó en su momento auténticamente valioso para México. Puso orden frente a la anarquía que se desarrollaba en todas partes del país. Hizo la guerra a quien quiso hacer la guerra, y los venció a todos.

El presidente Obregón convocó a varios. Yo fui su secretario de Gobernación. El país se vio impulsado a marchar hacia adelante, la nación estaba cansada de hambre, de lucha, de limitaciones. Obregón fue determinante en anular las ambiciones de los militares indignos.

La rebelión de Adolfo de la Huerta y los jefes que lo secundaron resultó una gran lección. Especialmente para mí, la pérdida de la asociación con él en lo político y fraterno me resultó muy dolorosa.

Había que iniciar la tarea de gobernar…

Lo que sigue

Ya los venados espantados fuera del país, hicimos las cuentas.

Yo renuncié a la secretaría de Gobernación, con la venia del presidente Obregón, para dedicarme de lleno a mi campaña política. El sector obrero particularmente se constituyó en mi apoyo más sólido.

En el gobierno de Obregón, yo había sido favorecedor de los intereses de los trabajadores y eventualmente me había granjeado la simpatía de las grandes centrales. Mi participación activa en defensa de los trabajadores en el conflicto de Orizaba durante el gobierno de Carranza me dio el prestigio que me permitió acreditarme frente a la fuerza laboral del país.

En una tarde de lluvia intensa, paseando por las terrazas del castillo de Chapultepec, el general Obregón me tomó del brazo, mientras la lluvia rodaba sobre los ahuehuetes frente al castillo.

—Plutarco, debo decirte una cosa. Muchas veces, como bien sabes, dudé de tu capacidad militar, incluso hube de hacer bromas de mal gusto al respecto, lo siento, pues aunque sigues sin ser Napoleón —dijo riéndose—, me has probado con creces que eres un general serio y sabes cumplir el objetivo; el oficio militar lo tienen muchas gentes alrededor tuyo, especialmente Amaro.

„Tú me has enseñado algo que yo no sabía. Gobernar, mandar para construir, establecer bloques de acción que le permitan avanzar a la sociedad, eso lo he aprendido de ti y quiero que sepas, ahora que formalizas tu campaña política, que mucho he apreciado tu contribución vertical en mi gobierno. Yo te ofrezco lo propio —agregó el presidente.

A partir de entonces, Álvaro Obregón y yo mismo habríamos de sellar una relación de políticos hermanos, una mancuerna formidable que sólo la muerte pudo destruir.

Yo, Plutarco Elías Calles, hijo de Plutarco Elías Lucero y María Campuzano, nieto de José Juan Elías y sobrino adorador del tío Juan Bautista Calles, me apresté para convertirme en presidente de la República mexicana.

¡Vámonos recio!

RAPSODIA NOVENA

Se casa "La Tencha"

Hortensia, "La Tencha", la segunda de mis hijas, a quien los rancheros llamaron "La vinosola" y que llegó al mundo en Santa Rosa en medio del desierto, decidió casarse con Fernando Torreblanca, quien había sido secretario particular del general Obregón. "La Tencha", muy a mi pesar, decidió contraer nupcias en un templo católico.

Yo acepté, no sin antes indicarle que, por ser el funcionario de gobierno que más se había friccionado con el clero, me resultaba inaceptable presentarme en el templo para entregarla. El presidente Obregón, en un acto de amistad y lealtad fraterna, se ofreció a acompañar a mi hija en el altar. Por ser el ejecutivo de la República, su acto resultó un hecho insólito. Tal fue el afecto de Álvaro por mi hija y su deferencia conmigo.

Nuevamente expresé que yo nunca tuve conflicto con la fe católica como tal; el cisma fue con la jerarquía eclesiástica. Con el clero, con sus intereses y ambiciones; ellos decían sólo obedecer al papa. Yo, a la República.

Viaje europeo

En 1924, ya como presidente electo, acordé con Álvaro Obregón la conveniencia de realizar un viaje por Europa en busca de nuevas orientaciones y alianzas. Seis años antes, la gran guerra del mundo había llegado a su fin. La Alemania imperial había sido derrotada por los aliados y humillada al tener que aceptar condiciones de sus vencedores que, a la postre, serían la semilla de la Segunda Guerra Mundial en 1939.

Fui recibido en el puerto de Hamburgo por distinguidos representantes del gobierno alemán. El país se encontraba febrilmente ocupado en su reconstrucción. Tal parece que el espíritu prusiano no pudo olvidar la humillación de Versalles a que fue expuesto y se preparaba para la revancha.

Alemania nos veía como siempre, con buenos ojos, es de recordarse el célebre telegrama Zimmermann entregado al presidente Carranza, que contenía una oferta del gobierno teutón para apoyarnos contra los norteamericanos, e incluso sugiriendo incrementar su colaboración, cuya compensación sería el devolvernos los terrenos perdidos en 1847. Alemania conocía nuestro resentimiento natural con los gringos; durante mi estancia recibí amplísima información que me permitió conocer a líderes de la industria y la élite militar. ¡Alemania estaba en marcha!

Celebramos la noche del 16 de septiembre en el Hotel Bremer de Berlín y el mezcal mexicano fue patrocinador de los ánimos cálidos que se dieron entre la comitiva. Mis hijas adolescentes, Ernestina y Natalia, estaban fascinadas.

Yo aproveché la estancia en ese continente para hacerme revisar por parte de algunos especialistas en busca de una cura a mis padecimientos neuromusculares, derivados de una dolorosa caída de caballo durante una campaña militar. No sólo eso, las noches de vigilia en la humedad y el frío durante el sitio de Naco afectaron seriamente mi sistema neuromuscular. Con frecuencia padecí agudos dolores que requerían de aguas medicinales para su tratamiento. Los mismos galenos me recomendaron que, aprovechando mi viaje a Francia, me trasladase hasta los manantiales de St. Etienne.

Bienvenu monsieur le president

En la gare du Nord, una multitud nos esperaba en el andén diecinueve. Recibimos una cálida recepción de algunos representantes de la comunidad mexicana residentes en la Ciudad Luz. Habíamos llegado cómodamente en un carro de ferrocarril que había sido añadido al tren que nos trajo desde Alemania.

Mis hijas no contenían la emoción, ellas querían ver el París de sus sueños. La comitiva se trasladó hasta el atractivo Hotel Majestic en pleno costado de los Campos Elíseos. La dirigencia del hotel, impecablemente vestidos, me fue presentada uno a uno, incluyendo al chef de su afamado restaurante. El director del establecimiento nos dijo a través del intérprete que se sentían muy orgullosos de contar con mi visita.

Ya por último me fue presentada Maite, una mujer de belleza sobria, robusta, de pechos generosos.

—Bienvenido señor general, estoy muy complacida de atenderlo y servirle de intérprete —sonrió con simpatía.

Yo quedé complacido, siendo oriunda del país vasco en la frontera con Francia, trabajaba en el Majestic y, en consideración a sus raíces biculturales, me atendería en mis aposentos.

La agenda de actividades resultó variadísima, las visitas a los monumentos nacionales fueron memorables. En el del Soldado Desconocido, frente al pebetero inmortal, deposité una corona de flores con la leyenda: "De la Revolución Mexicana a Francia".

En los instantes que hice lo anterior, rodeados de un destacamento de tropa, con soldados veteranos de la batalla de Verdún, en la última guerra, fijé los ojos en el fuego y pensé en mi abuelo José Juan que, abrazado de la bandera del liberalismo juarista, contribuyó a detener al papa, a Napoleón III y al usurpador Maximiliano.

Recordé diáfanamente a la abuela Bernardina:

—Levanta la cabeza muchacho, que tú eres de buena raza.

Al segundo día de la visita parisina, por la mañana, me sorprendió Maite con los ungüentos que resultaban analgésicos a mi pierna afligida. Se ofreció de inmediato para aplicarme el producto aliviador diciéndome que, siendo ella de la región montañosa, los accidentes de los escaladores se daban todo el tiempo. Lo cierto es que su actitud y sus manos gentiles me causaron gran satisfacción.

Debía yo de acudir al día siguiente hasta la clínica de St. Etienne. Le insinué la posibilidad de que me acompañase hasta el balneario. A ella le encantó la idea y ofreció hacerlo.

—Hasta mañana, general, que tenga usted buen día —comprobé que ella era de andar airoso y elegante.

Las visitas a las maravillas arquitectónicas de París embelesan a cualquiera. Yo fui atendido por personajes diversos de la vida político social de Francia. Conocí a los líderes obreros y ellos me informaron de la muerte reciente de Lenin, el líder monumental de la Revolución Soviética.

Noté la arrogancia temporal que produce la victoria militar, la sobrantez de los franceses en relación con la vencida Alemania. Colecciono en mi memoria la visita privilegiada hasta la tumba del emperador Bonaparte. La llave que da acceso está hecha con el metal fundido de los cañones de Austerlitz.

Para cualquier hombre que haya tenido que ver con la vida militar, encontrarse frente a la tumba de Napoleón, uno de los guerreros más grandes de la historia, es un honor. Sentí el genio y espíritu visionario de ese gran líder que, en adición, contó con la estrella de la buena fortuna.

El resto del tiempo lo ocuparon las formalidades y los banquetes interminables de esa comida exquisita que a mí no me era común. Yo seguía extrañando mi dosis de tortillas de harina para comerme unos frijoles y una machaca.

A la mañana siguiente fui llevado a visitar la célebre Academia Militar de Saint-Cyr. En esta conocida institución se había educado una generación completa de oficiales del ejército de don Porfirio. Fui atendido con una gran cortesía y recibí ideas que habrían de resultarme muy útiles en la reestructuración del ejército mexicano.

Regresé al hotel con prisa, pues esa tarde iría yo hasta St. Etienne en compañía de Maite, por quien sentí gran atracción. Nos reunimos en el Majestic. Ella abandonó el uniforme formal que utilizaba en el hotel y en cambio lucía un vestido de primavera que le sentaba muy bien, el cabello castaño lo llevaba recogido en un moño. Su aspecto era candoroso y fresco.

Me asignaron un automóvil para trasladarme hasta St. Etienne, a cincuenta y seis kilómetros de París. Maite iba explicándome la geografía local por donde cruzábamos y pude apreciar la belleza alegre de la campiña francesa en ese abril bondadoso. Yo le pregunté por sus orígenes, dijo ser oriunda de Gipuzcoana de Tolosa, la tierra de sus orígenes era montañosa, precisamente en la frontera con Francia.

—Hace ocho años yo estaba allá con los míos; una casta de hombres vascos independentistas y tercos. Gente de bien querer y acción sin límites. Nos decían los Sanuker, hacíamos el contrabando. Los riesgos eran muchos, pero a nuestra independencia nadie la regateaba. Mi esposo, Beñat, era del mismo pueblo, un muchacho desgarbado, narigón en extremo y más noble que el pan. Nos ganábamos la vida llevando mercaderías de un lado para otro; un buen día Beñat fue sorprendido por los franceses e incorporado en el ejército. Durante la gran guerra murió en el frente, desde entonces vine a París en busca de mejores destinos.

Llegados a la clínica, fui atendido de inmediato por los especialistas, quienes me hicieron una serie de recomendaciones que Maite amablemente traducía para mí. Luego, me indujeron a someterme a una inmersión en una poza de aguas sulfurosas de altas temperaturas, éstas se darían en dos extremos, durante algunos minutos recibía descargas de agua helada, seguidas por la inmersión en otras minerales; el contraste activaba la circulación y me hacía sentir gran alivio.

Maite obtuvo de la institución un traje de baño que le permitió hacerme compañía en el manantial. Vaya suerte la mía, el presidente electo compartía su baño medicinal con una joven mujer de piernas tentadoras.

Regresamos a París para la cena, yo encantado de haber disfrutado de una tarde en tan dulce compañía. Esa noche me despedí de Maite y le obsequié un pequeño anillo que llevaba sobre el meñique. No la vería sino hasta el día siguiente.

La noche final de París la consumieron los compromisos sociales con el embajador mexicano. Por la mañana se dieron las despedidas oficiales del hotel; el director del Majestic se mostró obsequioso y formal. Me llegó el turno con Maite, ella sólo dijo:

—Ha sido un gran placer atenderlo, señor general —yo la miré a los ojos y sentí su respuesta, algo había quedado entre nosotros. Me entregó un bulto y me dijo—: Le regalo este libro, es de un escritor de mi país.

A bordo del Bremen, ya de regreso, abrí su libro, era de Miguel de Unamuno, el gran vasco.

Cruzando el Atlántico de regreso

Terminada la estancia en Francia, abordamos un tren que nos condujo hasta Hamburgo, donde nos embarcaríamos en el trasatlántico, cómodamente instalados. Yo solía caminar en cubierta por las noches de brisa húmeda. Me recordaba que seguía siendo patasalada. El mar lo tenía en mis venas, ése era mi destino.

Iba rumbo a México, pronto se daría el relevo presidencial y Álvaro Obregón me entregaría la antorcha sucesoria. Yo, Plutarco Elías Calles de Guaymas, Sonora, que había conocido la orfandad y transitado por la vida, era ungido por el universo con una misión mayor.

—Las águilas han de cumplir su destino —me decía "La Buki"—. Mientras el vuelo sea hacia el sol, el destino estará contigo.

Regresé a México con el beneficio de haber observado el viejo continente que, después de su terrible experiencia bélica, se encontraba en plena reconstrucción. La información obtenida en los campos industrial, militar y político resultó una gran motivación a mi espíritu. Me sentía obsesionado con la tarea de edificar un Estado moderno.

La ciencia del engaño

Tuve la firme intención de alejar a México de la ciencia del engaño. Apartarlo de escuchar el canto de las sirenas. De los programas de armonías imposibles que eran el anzuelo de las promesas que los políticos de los tiempos suelen imprimir a sus discursos.

Era mi turno, había que actuar. Y como vaticinó "La Buki", se presentó ante mí a partir de ese momento la necesidad de decidir. El resto de mi vida estaría marcado por la urgencia de adoptar resoluciones. Cuando se es hombre de Estado, la integridad espiritual, moral y ejecutiva debe ser inviolable. Sólo así se sobrevive a las crisis que presenta la conducta humana.

La experiencia de haber gobernado al lado del presidente Obregón me permitió evaluar los parámetros de la vida nacional. La situación ciertamente era muy seria. Él había actuado con acierto en lo político y lo militar; sin embargo, en lo financiero había sido un desastre. Obregón fue un gran líder y jefe, pero gobernar no fue su virtud; es decir, no se aplicó nunca a los principios ordenados en la resolución de las acciones de gobierno que pueden conducir a una sociedad a su bienestar.

En el periodo que yo compartí responsabilidades con él, se desarrolló entre nosotros una comunión de principios que no se había dado antes.

Él había sido el jefe militar extraordinario. En esta tarea de gobernar, él comprendía que mi intuición y la experiencia adquirida en la gubernatura de Sonora me habían calificado para iniciar la difícil tarea de tutelar a nuestro México.

En el cuatrienio de 1924 a 1928, la responsabilidad del supremo gobierno recayó sobre mí. Más valía que me aprestara a enfrentar la vida como es, nadie resolvería por mí los enormes retos que presentaba el futuro.

Traslado de destinos

Tú, Álvaro, naciste amparado por la estrella de Acuario, yo también. Tal parece que los designios de los astros nos conducen por rutas paralelas. Tu cuna fue Huatabampo y la mía Guaymas. Ambos somos de la tierra sonorense. Tú te hiciste agricultor y luego guerrero. Yo maestro y después gobernante.

El 1 de diciembre de 1924 fue el día del destino.

La vida en el castillo esa mañana transcurrió con prisa. Desde las seis Natalia ya les sacaba brillo a las muchachas y mis hijas, la verdad, se veían en estado de merecer; ellos, los varones, estaban formales y acicalados.

Me encontré con Obregón en la terraza:

—¿Cómo te sientes, patasalada? —preguntó socarrón. En el mismo tono le insinué:

—Me siento orgulloso, pitiquito —aludiendo a los motes de nuestros pueblos originales.

Nos dirigimos en este carruaje abierto, herencia regia de tiempos pretéritos, hacia el Estadio Nacional. Esa mañana de sol generoso, con Álvaro a mi lado, partimos rumbo a donde debía tomar la protesta de ley.

Por detrás nos siguió una formación compacta de cadetes del H. Colegio Militar, espléndidamente montada.

Iba pensando en mi raza. En mis abuelos Bernardina y José Juan Elías. Imaginé a mi viejo querido, el tío Juan Bautista Calles, contar en la tienda: "Qué creen, hoy Plutarco, mi hijo, ha sido investido presidente de México".

El escenario fue cuidadosamente adaptado para instalar al gabinete presidencial, al Congreso de la Unión y al cuerpo diplomático. Mi prole al frente lo presenciaba todo. Largo había sido el trayecto de vida para ellos desde Fronteras hasta el castillo de Chapultepec.

Solemne, extendí el brazo hacia lo alto y comprometí mi voluntad a guardar y hacer guardar la Constitución suprema de la patria. El presidente Álvaro Obregón me transmitió el poder y luego me abrazó efusivamente y pronunció:

—Adelante con México, señor presidente.

Ésta fue la primera ocasión en los últimos años después de don Porfirio, en que la sucesión del poder se llevaba a cabo en forma pacífica.

La patria juarista quedó a mi custodia.

Los festejos

El banquete servido en el castillo al mediodía congregó a los notables: gabinete presidencial, cuerpo diplomático, diputados, senadores y miembros varios del Ejército Nacional. Los representantes sindicales de la delegación de los Estados Unidos que había sido invitada por Luis Morones, se acercaron a mí para extender las felicitaciones de rigor y me manifestaron su admiración por la concurrencia tan numerosa de público a la ceremonia.

—Ha sido una experiencia inolvidable presenciar a tan grande multitud en la inauguración de su mandato —dijo el gringo Gompers, el célebre dirigente obrero norteamericano.

Ya cansado del protocolo, en punto de las cuatro, en compañía de Álvaro Obregón, me presenté en la plaza de toros La Condesa, en el corazón de la ciudad. Esa tarde Rodolfo Gaona, el notable "Califa de León", le daba la alternativa a Fermín Espinoza "Armillita". Gaona, en la cima de su prestigio taurino, le entregaba sus trastos de matador de toros a "Armillita", que habría de convertirse en ídolo del nuevo México.

El primer toro se llamaba Costurero y pesaba quinientos quince kilos. "Armillita" lo lanceó con gracia y luego con los pies clavados sobre la arena le pegó una tanda de verónicas que levantó al respetable de sus asientos. Después Rodolfo Gaona tomó un par de banderillas festoneadas y se plantó en el centro de la plaza que enmudeció. Citó al toro con los palitroques y, al cambio, le puso un gran par.

"Armillita" se acercó hasta donde estábamos y, con la montera en la mano, nos brindó la muerte de Costurero.

—Va por ustedes, señores presidentes, el de antes y el de ahora.

Desde los tendidos se escuchaban los gritos desordenados del público: "¡Qué viva Obregón!", "¡Viva Calles!", aunque no faltaba el guasón que propusiera una broma: "¡Obregón, te estás quedando pelón!".

Al regresar al castillo, me entregaron dos telegramas especiales entre los cientos recibidos:

> Coronel Plutarco. El águila coronó su vuelo. Desde el espacio etéreo todo se mira. Mucha fuerza y cautela, Dolores Riordan, "La Buki".

El otro procedía de Maite desde París:

> *Osasun tazori on maitasunez*, Maite.

Mi secretaria lo mandó traducir a la embajada de España:

> Mucha suerte general. Dulces memorias, Maite.

Había sido una jornada larga y me dispuse a llevar a la cama al nuevo presidente de México para darle descanso. He de aclararle al lector que a partir de entonces, mis sueños no volvieron a ser plácidos. Nunca.

Ahora vivo en el castillo

Desde que asumí la presidencia de la República en diciembre de 1924, me mudé con mi familia a un ala del castillo de Chapultepec. En esos tiempos, y hasta 1934, era la vivienda presidencial. La construcción conservaba su presencia majestuosa, aunque nosotros solamente utilizábamos una fracción del castillo.

Para satisfacer la curiosidad del lector, he de decirles que una noche tomé de la mano a mi esposa y la conduje hasta la recámara imperial del castillo. Ahí mismo, sobre la cama del rubio Maximiliano de Austria, que se ilusionó con regir sobre México, reposamos un rato Plutarco Elías Calles y Natalia Chacón Amarillas. Ambos del norte bronco de México.

Mientras el reposo le ganaba a la noche, pensé en Maximiliano y Carlota. Recordé un dicho de Morones que habría de escuchar varias veces: "Bienaventurados los soñadores, que de ellos es el reino de todos los desastres".

Hice hábito de mis caminatas nocturnas por el bosque, las cuales siempre resultaron estimulantes para meditar sobre las graves cuestiones que afligían mi mente. Yo bien sabía que, al fin de la jornada épica, no serían las armas sino el vigor del ánimo y las ideas las que conquistarían la victoria.

Llegó el momento de privilegiar al derecho por encima de las acciones resultantes de la guerra, había que poner orden en casa, terminar con las luchas fratricidas.

Antes, Estados Unidos había reconocido, aunque con sus condiciones, el gobierno del presidente Obregón. El fantasma de una invasión del norte, por lo pronto, estaba fuera del calendario inmediato. Había que pagar las cuentas, las internas y las foráneas. La hacienda mexicana mantenía el estado crónico de bancarrota; debíamos los haberes de gran parte de la burocracia; en suma, el piojo estaba en todas partes.

El país se veía ciertamente más pacífico que antes, pero había quedado lastimado. Estábamos pobres; necesitados de emprender una acción positiva que pusiera al país ordenado y a trabajar.

Los reaccionarios, del brazo del clero, continuaron en su tarea permanente de desprestigiarnos. Ante la pérdida de la influencia en la política nacional, los ricos vivían preocupados por el quebranto de las ventajas acumuladas a lo largo del periodo de don Porfirio. El clero veía con sospecha todos los actos de gobierno que el periodo revolucionario empezó a consolidar.

RAPSODIA DÉCIMA

Carpinteros del Estado

Púseme a buscar colaboradores, ésta fue la primera tarea que realicé, formar un equipo que nos permitiera iniciar las acciones de gobierno. Siempre concebí a los miembros de mi gabinete como carpinteros del Estado. Obreros ministeriales que se abstuvieran del maratón de saliva verbal que suelen hacer de los políticos merolicos de ilusiones.

Seleccioné algunos elementos a los que ya conocía en el régimen del presidente Obregón. Me decidí por el ingeniero Pani en Hacienda, a pesar de que yo no tenía simpatía por él. En la Secretaría de Guerra y Marina no lo dudé un solo instante: el general Joaquín Amaro llenaba todos los requisitos que exigía esa posición tan delicada. Amaro era un militar admirable y además dispuesto a realizar el programa radical que me tracé para construir un ejército moderno, eficiente y que se convertiría en la institución respetable que fue a partir de entonces.

Sorprendí a Luis Morones con mi solicitud para que se convirtiera en el secretario de Industria, Comercio y Trabajo. Él, que era de tendencias radicales y un poco fanfarrón, se sumó a la ambición que sentí de construir una política, a favor de los obreros mexicanos, decidida, sólida y realista.

Morones era un individuo excepcional. Nació en Tlalpan en 1890. De joven fue tipógrafo y trabajó para la Telefónica Mexicana. Desde siempre se sintió atraído hacia los movimientos obreros que reclamaron los tiempos. Fue miembro activo de la Casa del Obrero Mundial desde 1912.

Cuando llegó la Revolución, la hizo al lado de Carranza y luego fue partidario de Obregón. Fundó la CROM en 1918; además, fue Diputado Federal en las Legislaturas XXX y XXXI. Líder apasionado, se enfrascó en varias ocasiones con sus enemigos en reyertas públicas dentro del recinto camaral. En uno de esos episodios resultó baleado. Nunca me felicité bastante de haber conseguido su valiosísima colaboración.

No se puede explicar que la Revolución mexicana, en esos años tan difíciles, hubiera podido marchar hacia delante de no haber contado con la participación decidida del sector obrero. Morones era el líder más destacado y avanzado en los conceptos obreristas de los tiempos. Más aún, en los eventos de infidencia que tuvieron lugar en la rebelión delahuertista, las tropas federales, entonces al mando del general Obregón, se vieron en inferioridad numérica ante los grandes contingentes que habían conjuntado los rebeldes. Morones y sus batallones rojos, compuestos de trabajadores de todos los sectores, ofrecieron su contribución decidida para marchar al frente. No resulta congruente olvidar la colaboración de este sector y su gran líder, que mostraron lealtad absoluta al gobierno.

Morones fue uno de los grandes fundadores del Estado moderno mexicano. El diseño de la alianza tripartita que él favorecía, implicó complejas negociaciones donde había que triangular acuerdos entre el capital, los trabajadores y el Estado. Morones comprendió la armonía básica de este concepto.

Dueño de una personalidad exuberante, que no necesariamente fue del agrado de todos, evidenció ser un líder al que la patria le debe reconocimiento.

A levantar la casa

La necesidad de iniciar la reconstrucción económica del país era impostergable. Nos encontrábamos cercados por las deudas, las negociaciones llevadas a cabo por Carranza y el secretario de Hacienda De la Huerta habían solucionado apenas una fracción del problema.

Los americanos seguían presionándonos, al tiempo que trágicamente requeríamos sus empréstitos para seguir con vida. Ésta era una condición funesta para el país. El destino nos ensilló con los gringos de vecinos y con las deudas del pobre, que fatigan el ánimo nacional.

Nosotros teníamos la urgencia de consolidar un estado de cosas que rescatase a la economía de la perniciosa influencia económica del extranjero.

Tuve la suerte en esos años de conocer a algunos jóvenes mexicanos que tenían cualidades excepcionales y que serían muy útiles en la tarea de la reconstrucción. Recuerdo particularmente al abogado Manuel Gómez Morín, entonces un joven veinte años menor que yo, que sería vital en el diseño de los programas financieros modernos, tales como la formación del Banco Central y otros proyectos de carácter fiduciario.

Ya en la gestión del presidente Obregón, en 1921, Gómez Morín había sido comisionado a cargo de la Oficina Financiera del Gobierno de México en la ciudad de Nueva York. El aprendizaje sobre las finanzas mexicanas le dio una visión particular de las necesidades de la nación para la organización de su hacienda y sus aspectos bancarios.

La población tenía apremio de orden, de crédito y certidumbre del futuro material.

La reconstrucción económica

*En medio de la dicha de mi vida
deténgome a decir que el mundo es bueno.*

Esto fue lo que escribió el conocido poeta mexicano tabasqueño Carlos Pellicer, tal era el sentimiento que abrigábamos al comienzo de mi administración.

Habían terminado los cuatro años del gobierno del presidente Obregón, que ciertamente no habían sido fáciles; él tuvo que enfrentar los retos del final del carrancismo, la presidencia interina de Adolfo de la Huerta y, posteriormente, iniciar las acciones de gobierno que fueron arduas.

Los americanos, con su actitud tradicional, habían condicionado el reconocimiento del régimen del presidente Obregón, esto hizo más difícil la solución de los problemas financieros de la nación. Impedían que las negociaciones de carácter monetario se establecieran en todos los frentes, tal cosa resultó sin duda una extorsión para someternos, como siempre, a su voluntad.

Estábamos decididos a que México avanzara bajo la tutela del régimen revolucionario; ésta era la única forma de garantizar la integridad de nuestro movimiento. La xenofobia de la Revolución emanaba del dominio extranjero en todas las actividades que tenían que ver con la economía de la patria. La relación con los Estados Unidos de América se encontraba en tensión, como lo había estado en realidad durante los últimos años. Los norteamericanos sólo se interesaban por tres aspectos que inquietaban a su conciencia presidencial: las vidas de sus conciudadanos, sus propiedades y los derechos de las mismas.

Sin embargo, como ha sido a través de toda la historia, un problema seguía al otro y los conflictos nunca cesaron. Si no era por los intereses, era por los plazos, o por las quejas de las empresas petroleras, el caso es que ellos dilataron el reconocimiento al presidente Obregón, sabedores de que la dilación de tal cosa dificultaba aún más nuestro accionar financiero.

En cuanto asumí mi mandato presidencial, establecí una estrecha relación con el ingeniero Pani, ministro de Hacienda; si bien es cierto que no nos animaba simpatía mutua, ambos reconocimos que teníamos la posibilidad de llevar a cabo tareas decisivas.

En lo personal, sabía que se me había entregado una papa caliente, había que balancear las actividades de las finanzas mexicanas so pena de que, de no hacerlo, podríamos ser destruidos.

El principal objetivo de nuestro programa era liberar al país del dominio económico extranjero, reduciendo al mínimo la injerencia de particulares, empresas o naciones. Las metas tenían perfiles modernos y propósitos nacionalistas. Un plan sin demagogia para el desarrollo de todas las fuerzas productivas. Tales propósitos estaban aún distantes de concluirse, había que trabajar muchísimo y nuestros recursos, ciertamente, eran muy limitados.

Inicié con Pani un programa drástico de reducción de gastos y costos que habrían de conducirnos en el primer año de gobierno a un resultado feliz. Tuvimos que reducir los salarios de grandes cuerpos de la burocracia y, en lo militar, eliminar significativamente los gastos de la Secretaría de Guerra, liberando tropas y haciendo economías vitales.

Particularmente recuerdo con gusto el día que el ministro Pani se presentó en mi oficina y me dijo entusiasmado:

—Vengo a invitarlo a comer, señor presidente —habíamos conseguido reducir el déficit de más de sesenta millones de pesos del último año del gobierno anterior, ahora nuestro faltante solamente era de cuarenta, lo que significaba un logro monumental.

Gracias a esta acción pudimos hacer economías significativas que permitieron enfrentar los compromisos de la deuda externa y, además, hacer el ahorro para la fundación del Banco Central. Éste era un sueño largamente acariciado desde los tiempos del jefe Carranza; después, Obregón lo deseó intensamente, pues todos sabíamos que era vital en la modernización de nuestra nación. No lo consiguió entonces, pues la falta de crédito lo impidió. Cuando De la Huerta estuvo negociando con los americanos representados por el señor Lamont, no fue posible concluir las negociaciones que hubiesen hecho realidad su fundación.

El área de la economía no era la única que necesitaba acción y renovación inmediatas, el país se encontraba sin comunicaciones adecuadas. El régimen porfirista había logrado el milagro de la comunicación en base a un sistema ferroviario que resultó notable: veinte mil kilómetros de vía que cruzaban toda la nación hicieron posible su funcionamiento y, además, ése sería el verdadero caballo de la Revolución; sin el ferrocarril, hubiese resultado imposible llevar a cabo el movimiento libertario y renovador de la patria, pues fue éste quien hizo las veces de transporte en todas sus formas.

En el año de 1925, en plena tarea de reconstrucción, reconocimos la grave necesidad de iniciar un programa integral de caminos para incorporar a México a la modernidad. Apenas contábamos con un par de rutas de mediana calidad como eran las carreteras a Toluca y a Puebla; todavía existían por todas partes los viejos caminos fundados durante la época de la Colonia. En esas condiciones, resultaba muy difícil que México despegara a los impulsos del progreso.

Casi de inmediato constituimos la Comisión Federal de Caminos, que habría de encargarse de un programa ambicioso para la construcción de carreteras. Asignamos la totalidad del impuesto especial a la gasolina y ese año en 1925 empleamos diez mil hombres para iniciar la construcción de carreteras, esfuerzo que pronto rendiría sus frutos.

En ese tiempo, también se empezaron a dar las comunicaciones telefónicas. Pensaba que de haber existido la telefonía durante los años más álgidos de la Revolución, el medio hubiera sido un gran salvador de vidas. Cuántos conflictos se hubieran evitado y cuántas vidas ahorrado de haber contado con la comunicación instantánea del teléfono. Nosotros, en el campo de batalla y en los frentes diversos de las actividades de la Revolución, dependíamos en su totalidad de la acción telegráfica que, además de imperfecta, continuamente era saboteada.

Establecimos por vez primera la telefonía, incluso se hizo internacional al lograr la comunicación con la isla de Cuba, Estados Unidos, Puerto Rico y Canadá.

Una de las promesas vitales de la Revolución mexicana, la acción agrarista, había que desarrollarla con energía, sin vacilaciones. Aún así, habría que mantenerla dentro del método y orden para no quebrantar la producción agrícola, lo irresponsable que podría resultar la pulverización de la tierra no nos conduciría a ningún camino con fortuna.

Durante la gestión de mi gobierno, se repartieron más de dos millones de hectáreas, esta cifra era mucho mayor que la que habíamos logrado durante la administración del presidente Obregón. Sin embargo, no podíamos seguir por ese camino de forma irresponsable. El ingeniero León, al frente de la Secretaría de Agricultura, vino a verme alarmado para informarme que la productividad de las tierras repartidas era muy baja; peor aún, que en un gran número de casos las tierras estaban ociosas.

Resultó normal, las tierras, sin el conocimiento y la asistencia técnica y crediticia que requieren, eran absolutamente inservibles, el programa agrario de la Revolución se vio amenazado.

Necesitábamos revisar cuidadosamente la forma en que habrían de implementarse las acciones agraristas que la Revolución reclamaba y que nosotros estábamos obligados a cumplir, pero teníamos también la responsabilidad de hacerlo en forma práctica y responsable. No sólo eso, aproximadamente diez por ciento de las tierras repartidas durante mi término eran propiedad de ciudadanos estadounidenses. No hace falta gran imaginación para suponer la presión que recibimos del gobierno norteamericano para compensar a sus ciudadanos por la confiscación de los latifundios en cuestión.

Paralelamente se hizo necesario considerar la posibilidad de fundar escuelas técnico-agrícolas que pudieran dar sustento a los agricultores que recibían dotaciones de nuevas tierras; yo particularmente tuve la suerte de contar con la colaboración de otro mexicano de enorme talento y conocimiento, me refiero a Gonzalo Robles, ese joven agrónomo que había sido enviado por Carranza para hacer estudios en el extranjero e investigar las mejores formas de preparar al campesinado mexicano para asumir nuevas tareas.

Representó una dificultad enorme la repartición agraria y el tratar de capacitar a los campesinos que debían recibir dotaciones en forma inteligente y práctica. Estaba muy bien eso de tener tierras, pero había que preguntarse con qué agua se llevaría a cabo la irrigación.

Concebimos entonces la necesidad de implantar un programa ambicioso de riego para el país. Yo anhelaba que, al término de nuestro mandato presidencial, se iniciaran las tareas hidráulicas, incluyendo presas mayores que pudieran garantizar regar adecuadamente al menos medio millón de hectáreas. No imaginamos entonces las dificultades que esto implicaría. Sin embargo, milagrosamente se logró en forma sustancial.

Así se fundaron las primeras escuelas técnico-agrícolas con las que sentíamos un gran entusiasmo. Siempre tuve la tendencia de abrazar este programa, pues recordaba con gran afecto la fundación de las escuelas que inicié en el estado de Sonora, destinadas a la enseñanza de artes y oficios a los niños huérfanos de la Revolución. Tiempo atrás, había hecho un pacto con el coronel José Cruz Gálvez de erigir un albergue de este tipo y entre lo acordado estaba ponerle el nombre del primero que falleciera. La fortuna quiso que Cruz Gálvez pereciera en batalla contra los maytorenistas y cumplí mi palabra. La escuela daría protección a los huérfanos de la Revolución de distintas partes del país, sin distinción de partido político o bando.

Al mismo tiempo, esto habría de establecer las primeras diferencias de fondo que tuve con Vasconcelos; él, siendo un magnífico hombre de saber y buenos propósitos universales, no entendía cabalmente que las necesidades educativas de México nada tenían que ver con la cultura universal.

En alguna ocasión, durante el gobierno del general Obregón, en la parada que hicimos en algún pueblo en la vía, se enfrentó con un campesino local y le preguntó:

—¿Y usted cómo se llama?

—Margarito.

—¿Y de dónde eres tú, Margarito?

—De aquí.

—Está bien, ¿y qué es lo que haces aquí?

—Pues atiendo la tierra.

—¿Pero a qué estado corresponde este pueblo?

—No sé, yo sólo sé que soy de aquí.

Entonces el general Obregón, con el sentido mordaz que le era propio, volteó hacia nosotros y dijo:

—Tomen nota ustedes, para que llegando a la capital le envíen a este Margarito una colección de los clásicos de Vasconcelos para que se eduque. Sólo basta con que le consignen un bulto que diga: "Señor Margarito de aquí; contiene: material educativo".

Como ya les he relatado, al comienzo de mi administración, que realmente fue un periodo dominado por un espíritu constructor, hicimos ahorros considerables. A mediados del año de 1925 reunimos los cincuenta millones de pesos oro que hacían técnicamente posible la fundación del banco de emisión única. Tal cosa representaba la conclusión de un proyecto largamente acariciado en diferentes etapas de la Revolución. Carranza lo ambicionó aún en medio de las maniobras extremas que tuvo que realizar para rescatar a la nación del caos fangoso que impuso el desorden de la revuelta.

El gobierno obregonista llegó incluso a solicitar un préstamo específico que permitiera su fundación. A ellos, los americanos, así como a sus socios europeos, no les convenía que lleváramos a cabo nuestros planes, la dependencia que había establecido México con los organismos financieros internacionales era de tal magnitud que hacía imposible su consecución.

Con el fin de lograr nuestro anhelado objetivo de liberar al país del dominio extranjero nulificando su intervención directa en el manejo de nuestra hacienda y con Gómez Morín al frente, concluimos la planificación de nuestro banco central y el 1 de septiembre de 1925, tuve la enorme satisfacción de inaugurar la institución bancaria que habría de cambiar la emisión del papel moneda, para siempre. El general Obregón me comunicaba desde Sonora:

El mundo quedará sorprendido con la apertura del Banco único y aún más, con el monto de su capital. Especial consideración merece el hecho de saber que se hizo con dineros que nos son propios. Éste será el paso más sólido de la Revolución para fortalecer la autonomía nacional. Los pueblos y los hombres no pueden llamarse independientes mientras no estén capacitados para bastarse económicamente. Yo te felicito por este triunfo que tendrá mayor elocuencia que muchas de las promesas que hemos hecho a la Revolución.

La contribución de Gómez Morín había sido decisiva y nombré como primer gerente de la institución a Alberto Mascareñas. El ingeniero Pani seguiría siendo el secretario de Hacienda, luego seguiría Montes de Oca.

Con el Banco de México en marcha, se inició el proceso de conciliar nuestros intereses con las presiones ejercidas por la banca mundial, especialmente la norteamericana, que al menor pretexto amenazaba con desconocer al gobierno en turno hasta no obtener la esencia de sus reclamos. Sin duda alguna al banco central le debemos el principio de la estabilización que habría de ser admirada posteriormente en toda la América hispana.

El diablo negro

A ninguno de los regímenes revolucionarios nos fue ajeno el problema del petróleo. El diablo negro era el único recurso no renovable que en apariencia nos era propio. No era así. Para el señor Madero, ésa fue una de las causales en la pérdida de su vida; el convenio de la embajada a partir del cual se le dio un golpe de estado fue inspirado por los temores de los estadounidenses al cuestionarse los convenios petroleros celebrados con don Porfirio.

Después las cosas siguieron igual. A principios del siglo XX México era el segundo productor petrolero en el mundo, nuestros pozos dieron altos rendimientos, mismos de los que sólo una porción modesta benefició a la patria. La inversión petrolera en el país estaba totalmente dominada por intereses angloamericanos.

Ellos presumían que no sólo les asistían los derechos de explotación, sino que también les eran propios los del subsuelo. La actitud de las empresas petroleras en México siempre fue imperial y desafiante. En 1914 los estadounidenses intervinieron con la presencia de sus tropas, todos sabíamos que el motivo principal era proteger las inversiones petroleras en la Huasteca mexicana.

Al presidente Obregón le habían tocado por suerte las producciones más altas de nuestra historia, en 1920, con ciento sesenta millones de barriles, hasta alcanzar, en 1921, ciento noventa y cuatro millones; luego descendió hasta ciento cuarenta millones. A partir de entonces se inició un descenso en la producción que nos llevó a la cifra más baja de esos años, con sólo sesenta y cuatro millones de barriles en 1927. Tales reducciones resultarían fatídicas en las finanzas nacionales, pues los impuestos provenientes de las mismas se derrumbaron.

Durante el año de 1925, mi gobierno contaba con los servicios secretos de un agente, al que simplemente denominábamos 10B, que se apoderó de documentos clasificados de la embajada estadounidense. En éstos se mostraban claramente las implicaciones del secretario Kellog y los intereses petroleros para apoderarse militarmente de las zonas mexicanas de explotación petrolera.

En posesión de la información comprobada, de inmediato procedí a dos acciones determinantes: la primera fue comunicarme con el presidente de los Estados Unidos, el señor Coolidge, y hacerle saber de esta manipulación por parte de un miembro destacado de su administración. Le advertí de la conjura y él parecía no estar informado. Acciones posteriores de remoción de personal de alto nivel en su gobierno probaron su buena fe.

En la parte que a nosotros nos correspondía, me comuniqué con el jefe militar de las instalaciones en la Huasteca petrolera, el general Lázaro Cárdenas del Río y, en forma terminante, le hice saber que, de detectarse la presencia en cualquier lugar del territorio nacional de tropas extranjeras, habría de dinamitar la totalidad de los pozos petroleros en su zona.

Nunca hubo reposo con las potencias extranjeras sobre la pretensión abusiva de nuestros recursos. Si no era en materia de derechos y costos de explotación de los pozos, lo era en lo que ellos decían su derecho sobre el contenido del subsuelo.

Las acciones determinantes que condujeron a la nación a consolidar la propiedad de sus derechos empezaron con el señor Madero, continuaron con el jefe Carranza, alcanzaron condiciones ríspidas con el presidente Obregón, a quien le fue negado el reconocimiento de su gobierno, a menos de que aceptara condiciones impuestas por los Tratados de Bucareli, que fundamentalmente incluían concesiones petroleras a cambio de legitimar su gobierno.

A mí me correspondió el conjurar la amenaza de una invasión extranjera, y así, sucesivamente, hasta llegar a la culminación del esfuerzo nacional.

Elaboramos con prisa el reglamento interno para la explotación petrolera, que fue fuertemente disputado por las potencias. Éste sirvió de cimiento para las negociaciones que seguirían haciéndose hasta la nacionalización completa, concluida en 1938 por el presidente Cárdenas, quien finalizó el esfuerzo de la Revolución Mexicana. El petróleo, aunque disminuido, ya era nuestro.

Era una niña bonita en un pueblo bueno...

Como parte de la reestructuración financiera de nuestra economía emergente, creamos el banco especializado para proporcionar asistencia a las dotaciones de tierra que se iban entregando a los campesinos. Gómez Morín siguió siendo un elemento vital en el diseño de esta institución, cuyos objetivos eran esenciales.

Al mismo tiempo, pugnábamos por la educación necesaria para completar el triángulo de la prosperidad campesina: crédito, técnica e irrigación. Sin esos elementos el reparto agrario era una falacia.

Las crecientes exaltaciones de una victoria sin realizaciones concretas tenían a la política agraria al borde del descrédito. No podíamos seguir repartiendo tierras a diestra y siniestra y pulverizando el corazón agrícola que le daría de comer a México. Las dotaciones de tierras abandonadas son un insulto a la razón.

La política del banco de crédito agrícola estaba bien definida con objetivos muy claros. Gómez Morín había pasado un buen tiempo diseñando éste, que fue su proyecto favorito. Los resultados iniciales fueron mixtos, ciertamente tuvimos éxito en muchos casos, pero también los fracasos fueron hartos.

A la pregunta de qué es lo que había pasado con el banco, Gómez Morín respondió desencantado:

—El banco era una niña bonita en un pueblo bueno que, al paso del tiempo, emputeció.

Por encima de esos problemas, se creó el sentido del privilegio entre algunos políticos connotados de mi administración. El banco otorgó créditos a mis propios intereses agrícolas en Tamaulipas, luego se hizo lo propio con el general Obregón, en sus nuevas siembras de garbanzo en el Valle del Yaqui, en Sonora. Al general Cárdenas y a sus hermanos autoricé un empréstito para crear una empresa maderera que haría durmientes para los Ferrocarriles Nacionales.

Aunque la naturaleza de todos estos préstamos fue a título de privilegio, no eran inversiones ociosas y quedaron pagadas en su mayor parte. La muerte de Obregón y mi expulsión fueron factores de incumplimiento crediticio.

Sin embargo, debo reconocer que el haber otorgado esos créditos no fue ético.

Poco dura la alegría en la casa del pobre

Había transcurrido el año fortuito del inicio de mi gestión presidencial y así de breve fue la etapa de las vacas gordas. Se iniciaba el año de 1926 y el ganado de pronto se miraba flaco. La producción petrolera y las finanzas del gobierno se vieron afectadas. La formación de los bancos que habíamos realizado era firme, pero pioja. Mucho ruido, pocas nueces.

Además, el precio de la plata en el mercado mundial se desplomó y esto contribuyó decisivamente a la reducción de las reservas monetarias que apoyaban nuestra moneda. No había nada que hacer al respecto. Las reglas de la economía no pueden ser trastocadas por las acciones de los hombres. Después de sólo quince meses de bonanza, México nuevamente experimentaba problemas serios de liquidez para enfrentar las obligaciones de su deuda exterior.

A los Ferrocarriles Nacionales, que nos habían sido tan útiles, decidimos entregarlos en administración a la compañía propietaria, con la esperanza de reorganizarlos.

El programa agrario, que no podía ser interrumpido, ese año se vio maniatado por la carencia de recursos para hacerlo posible. En suma, los planes entusiastas que habrían de conducirnos a un futuro más promisorio tuvieron que ser contenidos. Irrigación, caminos y la distribución de tierras demandaron un compás de espera.

Por fortuna, la dirección firme en la institución del ejército mexicano marchaba venturosamente con el liderazgo de

Joaquín Amaro, que resultó no sólo un soldado admirable, sino además un administrador de recursos eficaz. Los ahorros logrados por Amaro fueron un bálsamo a las presiones hacendarias de los tiempos.

Habían transcurrido sólo quince meses desde que asumí la presidencia, cuando se presentaron dos problemas que amenazaban convertirse en tormentas. El clero católico inició su oposición al gobierno desde que Obregón expulsó al delegado apostólico Filippi, con motivo de la organización del evento en el Cerro del Cubilete, como ya les he reseñado. A partir de entonces, cada facción se consagró al culto de sus propios dioses. Ellos, el del oro. Nosotros, la obediencia a la carta suprema de la nación: la Constitución.

Sorpresivamente, a mediados del año de 1926, recibí una carta del general Obregón, insinuándome que se sentía proclive a regresar a la política. Yo lo suponía satisfecho y próspero en sus actividades de labranza en el Valle del Nainari.

El general Obregón, con su capacidad natural en los asuntos agrícolas, se había establecido como un próspero negociante del garbanzo y se presumía productivo. Sin embargo, el poder ejerce un atractivo que resulta perturbador a la conciencia de los hombres. Álvaro Obregón dio señales de actitudes reeleccionistas.

Tal cosa representó una gravísima preocupación. Cómo conciliar el hecho de que nos habíamos lanzado a la reyerta revolucionaria para implantar el principio de la no reelección, con la claudicación de tan elemental principio.

Convoqué al general Obregón para que sostuviéramos una discusión que nos arrojara luz sobre lo que él me expuso.

A pesar de que aún faltaban dos años para la sucesión presidencial, que sería hasta diciembre de 1928, en nuestro México ya se daban las tendencias futuristas de los políticos.

El general Obregón contaba con simpatías mayoritarias en el Congreso de la Unión y en el ejército. Él seguía siendo el héroe victorioso y se presumió indestructible.

El argumento fundamental de su pretensión reeleccionista estaba basado en la necesidad de mantener con mano firme el timón de la nación. Había que continuar el rumbo y preservar la integridad del Estado revolucionario, ello requería ampararse de la reacción de las fuerzas conservadoras, con el clero a la cabeza.

Para descarrilar los avances de la Revolución, el clero y los conservadores pensaban en desacreditar el progreso de las ideas sociales, haciéndonos aparecer como enemigos de la fe católica.

Obregón insistía en señalarme que no había figura sólida en el panorama que pudiese garantizar la consolidación de nuestros propósitos. Con Adolfo de la Huerta fuera, habíamos perdido a un aliado formidable, ahora la continuidad podría ser una peligrosa moneda al aire.

El banco del altar

*Vosotros vendéis el bautismo en el día del nacimiento; vendéis al
pecador la inútil indulgencia; vendéis a los que se aman el derecho de casarse; vendéis a los moribundos el derecho de agonizar;
vendéis a los difuntos la misa funeraria; vendéis a los parientes el
réquiem en el aniversario; vendéis oraciones, misas, comuniones;
nada es sagrado para vosotros, todo para vosotros es mercancía.
Y nada se puede hacer en vuestra Iglesia sin pagar: se paga por
sentarse, se paga por rezar. El Altar es, pues, un banco.*

VICTOR HUGO

La Revolución naciente experimentó problemas con
el clero, que apoyó decididamente a las fuerzas de la
reacción. Madero no les gustaba porque decían que
era espiritista. Carranza inició alguna presión para regulari-
zar las propiedades clericales. Fuimos Obregón y yo quienes
decidimos continuar con la prédica juarista y separar claramente al clero del Estado.

Las respuestas de la jerarquía católica no se hicieron
esperar. Las voces de los mandatarios eclesiásticos en México
empezaron a hacer declaraciones a la prensa, pretendiendo
desconocer artículos vitales de la Carta Magna. La actitud de
los prelados altísimos se volvió desafiante, las publicaciones
en el año de 1926, durante mi mandato presidencial, fueron
un claro cuestionamiento a la autoridad del gobierno.

Gracias a la intervención del licenciado Mestre, un
mexicano distinguido, y del embajador norteamericano, el

señor Shefield, concedí a los obispos en su totalidad una audiencia en el castillo de Chapultepec, donde me aseguré que habría el debido registro y testigos de lo que ahí se discutiría.

Repetidamente, los obispos ahí presentes me hicieron saber su inconformidad para acatar lo que ordenaba la constitución juarista de 1857 y la recién difundida de don Venustiano, en 1917.

El clero hizo intentos para obligarnos a cambiar el contenido de los artículos de ley que tenían que ver con la propiedad eclesiástica, el registro de los sacerdotes dedicados al culto de los templos, la prohibición de operar escuelas confesionales y fijar las limitaciones que impedían que la iglesia llevara actos de culto públicos fuera de los templos, como había ocurrido en el Cerro del Cubilete en años recientes, y que condujo a la expulsión del nuncio apostólico, el señor Filippi.

Los señores obispos se dijeron afectados por nuestra negativa de concederles libertad de instrucción escolar. Yo claramente les manifesté que el Estado debe al pueblo la escuela antes que las iglesias. El individuo no es responsable de sus actos si no ha recibido la instrucción que lo convierte en hombre.

Los dignatarios de la fe expresaron que la obediencia de sus conciencias no podía sujetarse a la Carta Magna, que para ellos sólo la obediencia al papa era indiscutible. Lo demás, dijeron repetidamente, era materia de negociación y preguntaron qué se habría de hacer para cambiar las leyes en vigor.

Yo repetí una y otra vez que la paz consistía en que ellos acataran las leyes del Estado y les confirmé que éste era nuestro único interés. El gobierno no tuvo jamás intenciones de intervenir en el culto mismo. Esto era materia exclusiva de la iglesia y sus adeptos.

La rebelión de un eclesiástico contra el Rey, no es un acto de rebeldía, porque los ministros del Señor no están sometidos al Rey.

Culta adorationis, 1614

No tardó mucho tiempo para que tanto el general Obregón como yo mismo fuéramos satanizados por los organismos de difusión clerical, y desde los púlpitos se pregonara la idea a la población de que éramos enemigos del culto religioso. Nada más falso. Para nosotros, siempre lo he dicho, nuestra religión era la Constitución; la de ellos, como siempre, el dominio de las conciencias. Fueron los intereses los que estaban en disputa.

Descubrimos todas las maniobras fiscales que hicieron para poner propiedades que venían desde la Colonia a prestanombres que sirvieron de parapeto para evitar las confiscaciones de ley.

El rompimiento se daría a finales de julio. El clero, por cuenta propia, suspendió los cultos responsabilizándonos de tal decisión. Ése fue decisivamente el objeto del chantaje.

En la Ciudad de México y en toda la República comenzaron a cerrar los templos y así el clero decidió utilizar a la gran gama de sus cristos para combatirnos. El Cristo de las Limpias, el Cristo del Buen Consejo, el Señor del Veneno, el Señor del Claustro, el Señor de Chalma, el Señor del Hospital, el Señor del Sacromonte, el Señor del Reboso en el Templo de San Fernando y el Señor de los Desamparados en la Iglesia de la Santísima, así como el Cristo de las Siete Velas fueron apartados del fervor popular por la decisión clerical. Los malos de la película éramos Obregón y yo. Las condiciones serían trágicas para el país.

Los brotes del movimiento cristero comenzaron a darse en diversos puntos de la nación, particularmente se hicieron presentes en los estados de Guanajuato y Jalisco. Al llamado de ¡Viva Cristo Rey! se inició la Cristiada.

Nuevas lágrimas le costó a la nación el enfrentamiento. El gobierno a mi cargo combatió la insurrección cristera en todos los lugares que se presentó. En algunos casos, la lucha se dio encarnizada y las víctimas fueron numerosas. Nuevamente, crespones de luto se hicieron presentes en hogares plurales y campos de batalla.

Promulgaron la creencia de que México era del dominio de "Cristo Rey". Nosotros defendimos que las conciencias tenían el rumbo que cada quien quisiera, pero que la Constitución era la mandataria única del Estado mexicano.

Y predicando el cielo,
se apoderaron de la tierra...

Ya en plena época de la conquista, Hernán Cortés le escribió al emperador Carlos V:

…necesitan enviar personas idóneas para la conversión de los idólatras. Todas las veces que á Vuestra Sacra Magestad he escrito, he dicho á Vuestra Alteza el aparejo que hay en algunos de los naturales destas partes para se convertir á nuestra santa fe católica y ser cristianos; y he enviado á suplicar á Vuestra Cesarea Magestad para ello mandase proveer de personas religiosas de buena vida y ejemplo. Y porque hasta agora han venido muy pocos ó cuasi ningunos.

Carta de Hernán Cortés al Emperador Carlos V.
De Méjico, 15 de octubre de 1524.

Los clérigos que vienen a estas partes son ruines, y todos se fundan sobre interés y si no fuese por lo que Su Majestad tiene mandado y por el baptizar, por lo demás, estarían mejor los indios sin ellos…

Virrey Mendoza en la instrucción que dejaba
a su sucesor don Luis de Velasco.

Basta con examinar evidencias epistolares para comprobar el enorme apetito que se despertó con la conquista de América.

Las realidades encontradas rebasaron con mucho las expectativas de los clérigos conquistadores.

Además, los mismos ministros de la nueva fe realizaban la explotación cabal de la población indígena y reportaban con puntillosidad las nóminas de los esclavos, que eran los mismos indios y a los que solían clasificar como tales, mientras que a las familias de los conquistadores se les listaba como familias de razón. Así trata un padrón de Atotonilco el Grande hecho en el año de 1769, por el bachiller don Juan Ayuso y Peña, cura propio y juez eclesiástico de dicho partido:

> Suman las familias de indios de este curato y su jurisdicción setecientas treinta y tres, a lo que hay que añadir las ochocientas treinta y un familias de razón.

Es un hecho conocido en la historia que durante el movimiento de Independencia, el clero asumió una posición clara en favor de los realistas, incluso se dio el caso de que en algunos templos bendijeron las espadas al servicio del rey, bajo el mando de la virgen de los Remedios, en oposición a los seguidores de la virgen Morena, imagen del movimiento libertario independentista.

Los enfrentamientos más serios con la nueva nación mexicana vendrían a darse durante el gobierno de Juárez, todos lo saben. Las Leyes de Reforma confiscaron propiedades del clero católico. Los bienes de la iglesia habían sido valuados por el barón von Humboldt como sesenta por ciento de los bienes territoriales de la Nueva España.

La confrontación fue severa y la secuencia, como bien sabemos, fue el triste episodio donde mexicanos traidores, acompañados de clérigos influyentes, fueron hasta donde el papa para solicitar su alianza y buscar la adhesión de Napoleón III, en la fundación de un nuevo Imperio Mexicano.

Los ricos aliados de la iglesia se formaron detrás de la sotana pues temían ser desposeídos.

Cuando el papa la mano alarga a César, de este apretón brota la sangre. Cuando el beso se dan la Iglesia y el Imperio, un negro presagio en el cielo aparece. Así se hizo la historia que todos conocemos.

Maximiliano, un vástago del despotismo europeo inyectado al nuevo mundo, hermano de Francisco José, emperador de Austria, fue designado emperador de México, ungido así por la voluntad divina de un papa y de un emperador.

En ese tiempo fue cuando mi abuelo Juan José Elías, en defensa de la República juarista, perdió la vida en los desiertos de Sonora, de ese episodio ya les he narrado anteriormente.

La generación de revolucionarios mexicanos estuvo seriamente influida por los ideales liberales del Benemérito, el largo periodo que procedió a éste fue de calma chicha.

Don Porfirio compartió con el clero un maridaje de conveniencias que le permitió establecer un país durante treinta años, donde el paraíso de los ricos se hizo con base en el infierno de los pobres.

El estallido de la Revolución en 1910 renovó las asperezas con la clase clerical. Las fricciones se daban con frecuencia y pronto se revelaron nuestras intenciones de dar seguimiento a la política juarista.

En 1915, durante la ocupación temporal de las tropas constitucionalistas, el general Obregón solicitó donaciones de sectores vitales. Del clero requirió medio millón de pesos, basado en el hecho de que esa misma cantidad había sido donada al chacal Victoriano Huerta para combatirnos a los revolucionarios.

El clero se negó y con ese motivo Obregón determinó que ciento ochenta clérigos en edad de merecer fueran incorporados al ejército para servicio activo. Se llevaron a cabo exámenes de salud para probar su capacidad y más de sesenta fueron diagnosticados con enfermedades venéreas. Vaya efectividad del celibato que la iglesia ha impuesto a sus adeptos.

Se ha creado en el mundo eclesiástico una serie de actividades perversas de las que no está exenta ninguna época.

El cártel de la fe

L a ciencia puede haber descubierto el telégrafo; el teléfono; las leyes de gravitación; Darwin la formación de la especie.

Roma papal ha permanecido en la conservación más fiel del oscurantismo. Nicolás Copérnico, el sabio polaco responsable de la tesis del movimiento en las esferas celestes, fue en su tiempo excomulgado y condenado a los tormentos que tal cosa supone para la vida eterna. Generosamente, la iglesia ha decidido perdonarlo por tamaña herejía, quinientos años después de los hechos. En pleno siglo XXI, el monopolio del papa reconoce que el insigne polaco estaba científicamente en lo cierto. Así ha sido siempre, ellos en el control de las conciencias dicen el *cómo*, el *cuándo*, y el *no se puede*.

En este continente fuimos objeto de un decreto. El papa Alejandro VI, que se llamó Rodrigo Borja, valenciano, en posesión de la "verdad divina" y por medio de una bula histórica en 1493, les concedió a los reyes católicos de España el derecho de conquista de todas las islas, tierras descubiertas y por descubrir, a partir de una línea que corre del Polo Ártico al Antártico, a una distancia de cien leguas a Occidente de las Islas Azores y el Cabo Verde; del otro lado hizo lo propio con Portugal. Así se repartió el botín de la América Hispana, a cambio del compromiso formal por parte del reino ibérico para evangelizar a la Nueva España.

El papado obtuvo con ello una de las concesiones más productivas de la historia. La iglesia recibiría tributos y realizaría negocios con todos los pueblos indígenas de la América hispana por los futuros quinientos años, hasta nuestros días. La institución de carácter divino se convirtió en una cueva de mercaderes.

RAPSODIA DÉCIMO PRIMERA

Viudo y con prole

El dolor de perder a Natalia, mi esposa, fue intenso. Se sumaría la pena que me habían causado las muertes de mi tío Juan, mi padre, don Plutarquito y mi abuela Bernardina. Recibí la noticia por vía telefónica la trágica noche del 2 de junio de 1927. Natalia había muerto en un hospital en Los Ángeles, California, víctima de una pobre salud castigada por los rigores que impuso a nuestra vida familiar mi turbulencia revolucionaria. Ella estuvo sujeta a las limitaciones de nuestra bolsa y a la vida austera en Santa Rosa, Fronteras, Agua Prieta y las intermitentes excursiones a la casa de los Chacón, en Nogales.

Salí a las terrazas del castillo y la lluvia se fundió con las lágrimas que no pude contener. No había tiempo ni privacidad para el duelo personal.

Antirreeleccionismo

n cuanto se conocieron las intenciones de Obregón de sucederme en el poder, se desató la tormenta. De las facciones que colaboraban conmigo en el gobierno, la oposición más firme fue la de Morones. Él había colaborado extensamente, como siempre lo he dicho, con el general Obregón, incluso, como es bien sabido, reforzó la acción militar del gobierno con la participación de sus Batallones Rojos. Había sido un modesto electricista en sus orígenes, pero sus cualidades de liderazgo lo llevaron a encabezar los movimientos obreros que le dieron solidez social a nuestra acción de gobierno; eso le daba autoridad en la participación de las decisiones de Estado.

En mi administración, cuando le asigné la dirección de Industria, Comercio y Trabajo, se desempeño eficazmente. Era decidido y tenía un carisma entre los trabajadores que rivalizaba con el de Obregón en el ejército.

Morones también era dueño de una personalidad controvertida, podía ser fanfarrón y exhibicionista, dicen que era propenso a la disipación, los rumores acerca de bacanales eran tema del día. También se afirmaba que se había enriquecido, tal posibilidad es real. Sin embargo, he de aclarar, los fondos de su fortuna no provenían de la tesorería ni de su posición ministerial. El manejo de su organismo sindical no era materia de gobierno.

Para mí, él fue un colaborador eficaz y patriota que me asistió en la tarea de construir la relación gobierno-sindical que habría de prolongarse.

En el año de 1927, la CROM (Confederación Regional de Obreros Mexicanos) controlaba una membresía obrero-sindical de más de millón y medio de personas, incluidos campesinos. En el México de mis realidades, ésa era una influencia monumental que yo decidí utilizar para propulsar a la nueva República. Morones, de modestos orígenes como trabajador electricista, creció por la fuerza de su energía hasta convertirse en el líder indiscutible de los obreros nacionales.

—Jefe, usted sabe muy bien que siempre admiré al general Obregón, pero ese asunto de la reelección, es inaceptable —me dijo Morones resueltamente.

Le recordé su proverbial profecía cuando señalaba que los soñadores eran los padres de todos los desastres:

—Usted cuenta con los obreros, Obregón con el ejército, cualquier cálculo que no sea ése, es una calamidad. Los obreros requieren de la paz, los militares suelen prescindir de ella para lograr la propia.

Yo mismo hube de aceptar la tesis de que el costo-país con la reelección del general Obregón representaba el costo más bajo en el planteamiento político del momento. La conciencia del Congreso tenía tintes obregonistas que se inclinaban por la modificación de los artículos 82 y 83, para permitir la reelección no sucesoria del término presidencial.

En lo íntimo, sentí una derrota moral de la que nunca me repuse. Mi claudicación en torno a la reelección del general Obregón me resultó muy dolorosa. Sin embargo, frente al espectro de México desangrado, acepté lo inevitable.

¡*Voy a morir matando!*

En una noche del año de 1915 sobre la plaza principal de Chihuahua conversaban animados el general Obregón, Francisco Serrano y Carlos Robinson, estos dos últimos, miembros de su Estado Mayor. Habían ido hasta esa ciudad para entrevistarse con Villa, se trataba de persuadir al jefe de la División del Norte para que pactase con las fuerzas de Carranza. Ésos eran otros tiempos.

Villa tuvo serias intenciones de fusilarlos y, cuando se suponía que viajaban hacia el sur en un tren especial, descubrieron en el camino instrucciones telegráficas para que se detuviese el convoy del general Obregón y fuera regresado a la ciudad de Chihuahua, donde los pasarían por las armas. Cuando se enteraron de las intenciones del legendario guerrillero, se dispusieron de inmediato a defenderse. Pancho Serrano le dijo a Obregón:

—¡Todos vamos a morir con usted, pero eso sí, morir matando!

Francisco Serrano era de Sinaloa. De baja estatura, le molestaba que algunos compañeros en el ejército se refirieran a él como "El chapito Serrano". Era de clara inteligencia y había actuado siempre a la sombra protectora del general Obregón.

También tenía una dosis de encanto personal que lo hizo legendario. En 1925, lo enviamos a Europa con la idea de redondear su presencia cultural y política. Ese viaje fue revelador, pues puso en evidencia su personalidad disipada.

El general Serrano, a la menor provocación, se daba a las juergas rumbosas.

Nos enteramos de las parrandas sevillanas adonde dejó huella: llamó a los bailarines más famosos de la región y a los guitarristas gitanos, convocó a los cantaores de más renombre y a las mujeres más hermosas. Las cañas siguieron a los chatos, de éstos a las copas de champaña. Derroches de vinos, de gracia, de alegría y de dinero.

Las gitanas, señoras de ojos sin fondo, le cantaron llenas de donaire:

> Serrano, Serrano,
> tu gloria es la de ser mexicano
> como la gloria de nosotros que seas andaluz.

Los sevillanos exclamaron: "¡Esto es vida, lo demás es limosna de la vida!", luego bautizaron una calle con el nombre de Serrano. Si eso estaba bien para el artista, para sus ambiciones presidenciales fue el entierro.

Y ahora qué

En 1927, teníamos tres años de vivir en el castillo. Rodolfo y Aco eran jóvenes adultos en plena formación. La Tencha, casada hacía cinco años, tuvo que dedicarse a la tarea de sustituir a su madre ausente. A mí las tareas del Estado me imponían el ritmo de la vida cotidiana. Yo no podía manejar la vida familiar en el castillo a solas. Tencha me salvó.

Llegado el tiempo de la escuela para las adolescentes, Ernestina y Alicia fueron internadas en colegios apropiados a su juventud. En casa sólo quedaban los más pequeños. Alfredo tenía diecisiete años, "La Micha" y Gustavo ya contaban con destinos escolares programados.

Y sigue la mata dando

La Buki" no se había equivocado. Las sombras de ese año me resultaron difíciles. Como ya he relatado, en junio había muerto mi esposa Natalia, después se presentaba la resistencia en torno a la reelección del general Obregón y, como si no fuera suficiente, el clero preparaba su alboroto.

A mediados de ese año, la posición del partido antirreeleccionista se hizo abierta. El general Serrano y el también divisionario Arnulfo Gómez se declararon abiertamente opositores al general Obregón y propusieron sus propias candidaturas presidenciales.

En ese momento, sin sospecharlo, habían firmado su sentencia de muerte. A Serrano, el general Obregón lo había querido como a un hermano menor; Gómez había sido su subordinado en algunas batallas. Cuando asumieron públicamente su rebelión, Obregón no los perdonó.

Serrano y Gómez habían conspirado con algunos otros miembros del ejército para llevar a cabo un asalto que terminaría con la vida del general Obregón, de Amaro y la mía propia. Ellos presumían que asistiríamos como observadores a unas maniobras militares que tendrían lugar en los campos de Balbuena. Habían trazado un operativo que nos tomaría presos para pasarnos por las armas en cuanto nos presentáramos. Concluida la fechoría, darían a conocer el nombramiento del general Carlos Vidal, quien sería el presidente provisional para sustituirme.

Francisco Serrano y Arnulfo Gómez no ignoraban que se metían en una lucha de vida o muerte. El decreto de Juárez de 1862, promulgado durante la intervención francesa, señalaba que todos los culpables de rebelión contra la autoridad constituida, o bien de ataques a la vida del presidente estarían sujetos a la pena de muerte.

Nosotros, debidamente enterados, planeamos lo necesario para sofocar la rebelión. El domingo 2 de octubre de 1927, el general Obregón y yo nos abstuvimos de asistir a las maniobras planeadas. Amaro se presentó fuertemente custodiado y, por lo tanto, el cuartelazo fracasó.

El general Francisco Serrano se había retirado a Cuernavaca, donde esperaría hasta que le fuera confirmado el éxito de la asonada. Con un grupo de amigos, se alojó en el Hotel Bellavista y ahí era visitado por algunos de sus colaboradores, quienes seguían urdiendo conjuras.

Serrano recibió un mensaje informándole del fracaso del complot. Decidió, en compañía de algunos de sus fieles seguidores, trasladarse a la Ciudad de México.

En el camino fue interceptado por el general Claudio Fox, quien llevaba órdenes que yo le había firmado en el castillo de Chapultepec para que los sublevados fueran pasados por las armas ahí mismo.

El general Francisco Serrano y sus cómplices serían fusilados en Huitzilac, cerca de Tres Marías, en la carretera a Cuernavaca. Todo esto sucedió el 3 de octubre por la tarde. Se tomaron fotografías que luego fueron exhibidas públicamente. Los catorce cadáveres fueron llevados hasta el Hospital Militar y entregados a sus familiares.

Así había terminado el intento golpista del general Serrano. Un crimen de Estado que despertó en mí el sentimiento contradictorio que nos aflige al ordenar la muerte de un hombre a quien se quiere. Las responsabilidades de un hombre de Estado rebasan a menudo las limitaciones del espíritu.

Arnulfo Gómez decidió huir hasta Perote, Veracruz. Por hallarse enfermo, se refugió en una cueva en las montañas. Cuando fue encontrado, lo condujeron hasta las instalaciones militares más próximas; ahí fue pasado por las armas. Fue una dolorosa decisión personal, pero nuevamente el país se había salvado del gasto de recursos y vidas que supondría el intento de los golpistas.

Tal y como le cantaran las gitanas a Pancho Serrano: "¡Ésa sí que fue una limosna de vida!".

La guerra de los yaquis

Los yaquis en Sonora regresaron a la rebeldía. Luis Matus, el líder yaqui, había atacado un campamento del general Topete y le había causado muchas bajas. Lo peor fue que un grupo de indios alzados atacó un tren donde viajaba el propio general Obregón. Éste se comunicó con el general Amaro de inmediato y le hizo saber que esta vez él encabezaría el movimiento militar para terminar de una vez por todas con el conflicto yaqui.

Recibí un telegrama urgente de "La Buki" desde Vicam, en Sonora. Deseaba venir a entrevistarse conmigo en compañía de Dimas. Los recibí en Palacio Nacional, habían transcurrido algunos años desde el último encuentro. Dimas parecía viejo y enfermo; su larga y blanca cabellera le daba un aire de respetabilidad espiritual; ella, "La Buki", mantenía su figura austera y elegante. Me dijo:

—Coronel Plutarco, hemos venido en misión pacificadora. No permitas que Obregón nos haga la guerra. Deben negociarse los derechos del pueblo yaqui, estamos siendo desposeídos. La presión demográfica del Norte en el oeste americano nos está empujando oleadas de apaches que invaden el desierto. Las tierras son nuestras, si no se soluciona esto, habrá lo inevitable. La guerra es un festín de muertos.

"La Buki" intuyó que habría yo de afrontar días difíciles:

—Hay manchas oscuras sobre la lectura de tus astros, Júpiter parece estacionarse en el plano del conflicto en tu vida.

Dimas y "La Buki" regresaron a Sonora. Aunque ella mantuvo el contacto, no habríamos de volver a encontrarnos más nunca. Mientras, el general Obregón había decidido pacificarlos en la única forma que él creía podía hacerse: ¡a madrazos! Yo me sentí incómodo, aunque era necesaria la pacificación, ésa no era la forma de conseguirla. El general Obregón actuó con precipitación.

¡Viva Cristo Rey!

Fue en el campo, en el corazón del medio rural. La gente se preguntaba: "¿Y ahora qué vamos a hacer sin la madre Iglesia? ¿Cómo le vamos a hacer sin fiestas? ¿A poco ya no vamos a tener la fiesta de San Antonio, la de nuestra Señora del Carmen o la Semana Santa? ¿Qué vamos a hacer ahora si no vamos a celebrar el día de los Santos Reyes?". Tales eran las inquietudes de la gente que vivía en la ignorancia y la pobreza.

Ése era el mismo público al que nosotros, desde el nuevo Estado mexicano, queríamos educar, ponerle escuelas rurales, rescatarlo; sin embargo, resultó evidente que el fanatismo religioso seguía dominando sus vidas.

El chantaje que nos hizo el clero había dado resultado. La gente seguía preguntándose: "¿Por qué no nos dejan mirar a nuestros santitos, adorar a la virgencita y venerar a nuestro único rey, el Señor Cristo Rey?".

Los rumores que sembraba la sotana en los campos de labranza eran sediciosos:

—Dios nos llama a todos a cumplir nuestro deber, el de amarlo sobre todas las cosas.

En todos los hogares rurales amanecía un muerto nuevo. Se instaló la tragedia; si no era el esposo, había sido un padre o un hijo. Algunas mujeres dieron la vida también. Cuando suena la metralla, las faldas no se ven. Los ancianos les rogaban a los jefes de los pueblos que se los llevaran; total, decían, nosotros ya no servimos para nada, cuando menos podemos ofrecerle nuestra vida al Señor.

Los habitantes de las comarcas miserables se enorgullecían de la ofrenda trágica. "¡Muera el gobierno!" El escándalo nos convirtió en el anticristo, en el enemigo de su "Rey". No entendieron que el conflicto del Estado fue con el clero intrigante, no con la fe; eso nunca estuvo en disputa.

Para mí en lo personal resultó complicado conciliar mis obligaciones de hombre de Estado con las de padre de familia. Mi hija Alicia me había manifestado en esos tiempos su voluntad de contraer nupcias por la iglesia. Era el segundo caso. Yo respetaba sus creencias personales; ella, las mías.

En 1927, la cofradía de la miseria rural incluía a los descamisados y a los muertos de hambre. Todos huarachudos; una masa de compatriotas que vivía en el fanatismo y en la más absoluta oscuridad. Ellos eran el clientelismo de la fe organizada.

Estos grupos encontraron en la Cristiada el vehículo que justificaba su inmolación. "Total", repetían, "después de una vida de jodido, cuando menos morir en la gracia de Dios".

La geografía nacional delineó el conflicto. El norte no participó en la contienda, tampoco el sureste. En esos lugares prevalecieron otras ideas. La guerra cristera se instaló en el centro del país, en el viejo Anáhuac, la cuna de la civilización de la América hispana, la composición de indios y mestizos, todos católicos a ultranza.

La clara excepción a todo esto fue la clase agrarista, ellos eran los nuevos miembros de la sociedad campesina; no eran simples trabajadores asalariados del campo, sino los beneficiarios de la nueva política revolucionaria, que les brindó créditos y asistencia técnica. A ellos había comenzado la revolución a compensarles con la propiedad de tierras y el financiamiento de sus cosechas. Estos grupos se deslindaron de la Cristiada pues no podían poner en peligro a su nuevo benefactor: el gobierno revolucionario. Dijeron no a la guerra.

Los cristeros dominaban en los campos. Las ciudades y las rutas ferroviarias fueron terrenos que controlaba el gobierno. En ello nunca cedimos.

Los atentados

El 15 de julio de 1928, en las elecciones presidenciales para el cuatrienio 1928-1932, triunfó el general Obregón. Ya libres de resistencia política sustancial, el héroe de Huatabampo regresó a la capital por la estación de Buenavista. Miembros del Estado Mayor le esperaban y rápidamente lo condujeron hasta el Hotel Regis en plena Avenida Juárez. Ahí habría de alojarse el presidente electo.

Me llamó por teléfono:

—Quihubo presidente, aquí me tienes de nuevo para darte lata —después de los saludos obligatorios acordamos encontrarnos al día siguiente.

A mí me tenía muy inquieto observar a Álvaro en su contacto con las masas; la capacidad que tenía para comunicar entusiasmo era sorprendente, siempre he estado convencido de que poseía una relación con el público a semejanza de los artistas de cine. Él era en sí una personalidad que el pueblo admiraba, resultaba muy difícil para quien era responsable de su seguridad vigilar a tan escurridizo personaje.

Siete meses antes, el 13 de noviembre de 1927, habíamos convenido en asistir juntos a los toros para ir a ver a Juan Silveti que, ataviado de charro, amenazó con brindar una tarde inolvidable. Nos encontraríamos en el coso taurino de la Condesa.

El general Obregón y un par de amigos se dirigieron a la Plaza de la Condesa cruzando antes por el Bosque de Chapultepec. En el trayecto se emparejaron unos rufianes con el Cadillac de Obregón y desde el auto lanzaron tres explosivos que hicieron que el coche del general Obregón y sus amigos se volcara.

Los guardias de Obregón, que viajaban en un automóvil detrás, persiguieron a los asaltantes hasta la avenida Insurgentes y lograron detenerlos. Uno de ellos había sido herido gravemente y perdido la vista. En la confusión que siguió a los hechos fue trasladado hasta un hospital donde se acercaría el célebre detective privado Valente Quintana, quien fingiendo ser familiar del herido obtuvo la información acerca de los otros implicados.

Esa misma noche fueron detenidos Segura Vilchis y sus cómplices, los hermanos Pro, incluido Miguel, el padre jesuita.

El general Roberto Cruz, jefe de la policía, fue instruido por mí para que se fusilara a los fanáticos que atentaron contra la vida del caudillo.

Segura Vilchis, Miguel Pro y sus hermanos fueron ajusticiados sin mayor ceremonia en las propias instalaciones de la comandancia de policía ante varios mirones. La lección estaba dada: el que levanta la mano armada en contra del presidente es hombre muerto.

Álvaro parecía empeñado en desafiar el destino, yo a menudo insistía en la necesidad de observar prudencia en razón a los muchos enemigos que nos generó el conflicto religioso.

En aquellos meses también fue descubierta una conjura en la que el general Obregón y yo mismo éramos blancos de una perversa confabulación. Seríamos invitados a una cena-baile, donde atractivas damitas, escogidas entre las beatas más célebres, traerían escondidas entre las ropas unas jeringas con veneno que serían clavadas repetidamente sobre nuestros cuerpos al tiempo que bailábamos con ellas. Tal intento nunca fue materializado. Álvaro, jocoso, después me diría:

—Hubiéramos ido Plutarco, total qué, a la mejor los que meterían las jeringas hubiésemos sido nosotros —y reía despreocupado.

La mañana del 17 de julio de 1928, yo les advertí a mis ayudantes en palacio de la inminente visita del general Obregón, de tal suerte que me avisaran y lo hiciesen pasar de inmediato. Cuando lo vi esa mañana parecía ensimismado y ausente del humor ligero que le era propio.

—Te ves cansado y te miro medio panzón —él se puso la mano sobre el vientre y dijo:

—Ya no puedo con tanta tragada, si sigo así le entregas la banda presidencial en diciembre a un hipopótamo.

Esa mañana le informé de mis pláticas con Morones. Si bien al líder obrero no le había gustado la reelección, era lo bastante astuto para comprender que por ahora así tenían que ser las cosas.

—Ya habrá mejores tiempos —me había respondido, no hacía falta hablar de más. El general Obregón pareció satisfecho.

Yo le ofrecí que viniese a comer conmigo a mi casa; las carnes que me enviaban de Sonora y las tortillas de harina de Cajeme eran irresistibles.

—Qué ganas, pero tengo que asistir a la comida ésa de los congresistas guanajuatenses.

—Estás loco, te vas a comer con los representantes del estado más reaccionarios del país.

Acordamos reunirnos al día siguiente. Además, estábamos intranquilos pues no encontrábamos el original de los acuerdos De La Huerta-Lamont, todo parecía indicar que la secretaria de Adolfo los tenía y era indispensable contar con el documento original. Hablaríamos de todo esto la mañana siguiente.

1928, Armagedón

El 15 de julio, León Toral paseaba nervioso frente a la casa del general Obregón en la avenida Jalisco con la esperanza de verlo y poder acercarse. El caudillo sólo apareció fugazmente en su domicilio y nunca solo, así que Toral tuvo que seguirlo hasta las instalaciones del restaurante La Bombilla, en San Ángel, donde habría de llevarse a cabo el banquete que le ofrecían los congresistas del estado más cristero de la República. Ya sentados a la mesa, Toral se mantuvo de pie en la sala de los comensales teniendo a mano su cuaderno de dibujos que le facilitó la tarea de acercarse a la mesa principal. Habiendo logrado vencer la timidez, se acercó primero al diputado Ricardo Topete y le mostró las caricaturas de algunos personajes:

—No está mal —replicó Topete. Luego Toral le indicó que le enseñaría sus dibujos al general Obregón, mientras se acercaba a él.

Álvaro Obregón, solícito, atendió al presunto dibujante mientras que éste extrajo de sus ropas la pistola escuadra que le había bendecido el padre Miguel Jiménez. Mientras el grupo musical que amenizaba la reunión lanzaba al aire algunas melodías, José de León Toral, representante de las fuerzas del oscurantismo, disparó su arma por la espalda del héroe revolucionario, jamás vencido de frente. Fue necesario el asalto traidor que por la espalda le administró la muerte.

El presidente electo sólo logró hacer una mueca de dolor y se desplomó.

—¡No lo maten, no lo maten, necesitamos saber quiénes son los autores intelectuales! —gritaban los más serenos. La mayoría de los comensales quería acabar con la vida de León Toral ahí mismo.

El cuerpo exánime del héroe de Celaya fue conducido en un automóvil, rodeado de sus íntimos, hasta su domicilio particular.

Yo llegué a mi casa alrededor de las dos de la tarde, en busca de las ansiadas carnes de Sonora y las tortillas de harina. Cuando el auto se detuvo frente a la puerta de acceso, Álvaro Obregón, presidente electo de México, estaba muerto.

Me esperaba sobre la acera el jefe de mi Estado Mayor, el general José Álvarez:

—Nos han matado al jefe —me dijo con lágrimas en los ojos, siguiendo el relato macabro.

Me trasladé de inmediato a la jefatura de la policía, donde encontré un tumulto. León Toral aún no confesaba, seguía en mutis, hasta ese momento se rehusaba a proporcionar información alguna, a pesar de las presiones que ya se ejercían sobre él.

En el recinto policiaco estaban congregados diversas personalidades y miembros del congreso. En ese momento presentí en sus ojos la sombra de la duda. Mi estrecha relación con el ministro Morones dio pábulo a la especulación de que yo mismo pudiera estar implicado en la desaparición de mi amigo y jefe revolucionario.

Me sentí ofendido en lo más íntimo de mi persona.

Me trasladé hasta la casa del general Obregón en la avenida Jalisco.

—Abran paso, abran paso —los guardias le informaron a sus superiores que había llegado el presidente. Afuera de la casa, una multitud se agolpaba para ver a los actores en el teatro de la muerte. Al frente, me encontré con Aarón Sáenz, María Tapia, la viuda, se encontraba en Navojoa con los muchachitos y estaba siendo informada.

—¿Dónde está? —le pregunté a Sáenz.

—Lo tendimos en su recámara.

—Que me acompañe un oficial del Estado Mayor, te ruego que me dejen estar con mi amigo un rato, que no se me moleste —sentí pudor al solicitar me dejaran a solas con el cadáver, como si sollozar fuese obsceno.

"Me ahoga la emoción frente a tu cuerpo inerme, veo con dolor cómo han vulnerado tu ser, cómo las balas han destrozado tus órganos para robarte la vida.

Ha sido necesario que te atacasen por la espalda como lo hacen los cobardes. De frente nunca fuiste vencido. Por detrás, en un solo instante."

"Emprendiste un largo camino por los terrenos de la patria como adalid de los ideales revolucionarios que nos animaron. Hiciste la guerra para consolidar razones y, como Aquiles vencedor, te instalaste permanentemente en la victoria.

"Ahora estás aquí, compañero y jefe, ya sin participación alguna en el volcán de pasiones que representa nuestra patria.

"Fuiste mi jefe en materia de combate y, en la tarea de hacer de la guerra gobierno, mi compañero. Los destinos recientes nos hicieron blanco de las intrigas y la agresión de la reacción. El clero, preocupado por la merma de su hacienda, se plantó del lado de los grupos empeñados en impedir que México escapara de la esclavitud.

"Hemos resistido el embate de los intereses extranjeros que amenazan nuestra existencia. De los buitres que ambicionan nuestro petróleo. Observamos juntos cómo suelen pasear sus flotas armadas frente a nuestros puertos, para recordarnos que ellos son los policías del universo.

"Y a ti, querido presidente y amigo, te recuerdo que he sufrido el dolor de verte sacrificado en tu afán reeleccionista. Te vi sucumbir bajo el oleaje de la lisonja que te daba una presencia mayoritaria en el congreso, aunado a la afiliación de militares que te son adictos.

"Decidiste abandonar tus prósperas actividades agrícolas para regresar a este torrente de exaltaciones que te ha costado la vida.

"Yo te expresé mis temores acerca de tu voluntad política, capitulé ante tu insistencia por la simple razón de que México sufriría menos así. Aún con la ventaja de contar con tu presencia firme en el timón, lo que en sí era una garantía para lograr metas superiores, no podíamos olvidar que ambos habíamos luchado, como cientos de otros mexicanos, por mantener el principio de la no reelección incólume.

"Ahora, Álvaro Obregón, presidente electo de la nación mexicana y caudillo victorioso, estás frente a mí tendido sin decir más nada. Eres parte ya del inventario de los muertos. Miembro distinguido del panteón revolucionario.

"Todo se inició con el señor Madero y luego con el mismo Victoriano Huerta; siguió el jefe Carranza. Villa y Zapata engrosaron el calendario luctuoso poco tiempo después; más tarde se esfumó Adolfo de la Huerta, divorciado de nuestros ideales. Hoy te sumas a los muertos. Siento una pena infinita, además, señor general Obregón: ¡Me han dejado solo!

"Frente a las realidades de la nación y sus diversos conflictos, siento en estos momentos un vacío terrible. Si bien no estuvimos acordes en la totalidad, sí lo estábamos en lo fundamental. Sabíamos que los destinos de la nación había que sostenerlos con mano firme sin mirar hacia atrás. Destruir toma sólo un instante, lo contrario es labor de vida.

"A la República que defendemos, la dejaste huérfana de ti; a mí, me has dejado devastado.

"El clero sólo sabe que a ti te ha matado; a mí me ha terminado. Con tu destrucción se ha ido mi voluntad para escalar las cimas más altas. Estoy cansado y prematuramente viejo; lo peor, triste al conocer las verdades de nuestra tierra. Te ha derrotado una nube oscurantista cuya maldad no tiene adjetivo.

"Álvaro, la caballada se mira flaca. Tenemos hombres cerca de valor probado pero de talento escaso, los hay por contraste, hambrientos de poder y moral patriótica disminuida.

"Fuiste el último caudillo; yo me rehúso terminantemente a convertirme en el relleno del vacío. Basta de muertos, de decepciones.

"Urge encontrar un sistema que sirva para construir una patria que dependa de sus instituciones y de ninguna forma de los hombres que pretenden ser dioses temporales.

"Si alguna vez consideraste posible establecer entre nosotros una diarquía, el destino la terminó de cuajo.

"Aquí estás frente a mí Álvaro, hermano de destinos, revolucionario impecable, hombre de honor y valía, en medio de esta mancha de sangre, producto de las heridas que sobre tu ser material infligió un siervo de la maldad.

"Tus lentes, que te han guardado sobre la camisa, contienen unas gotas de sangre como para impedir que tus ojos vidriosos puedan ver el horror que nos has dejado.

"Me voy, Álvaro, me voy a enfrentar con las miradas de duda que me han dispensado tus más cercanos colaboradores, cuando he llegado hasta esta cámara mortuoria. Me voy también a atender las crisis de la nación y que siguen siendo mi responsabilidad hasta el próximo 1 de diciembre.

"Hoy tú te has marchado de estos planos. Entre todos los que te rodean, yo soy el que más caro ha de pagar tu ausencia. Estoy desolado."

Ferrocarril del luto

El ataúd del general Obregón fue trasladado a un salón del Palacio Nacional. En un ambiente de gran solemnidad, docenas de los jefes militares de la Revolución le hicieron los honores al catafalco. Allí estaba congregado el obregonismo en pleno. Yo, después de presentar mis respetos, me retiré a mi casa. Estaba extenuado.

A la mañana siguiente, conmigo al frente, se armó una comitiva luctuosa que acompañó la carroza con los restos del general Obregón. Fuimos caminando hasta la estación de Buenavista en medio de una gran multitud que sobre las calles lanzaba flores y vivas al paso del cortejo.

La gente tenía una fe mítica en el general. La imagen indestructible se había terminado. Cientos de balas habían cuadriculado su espacio sin hacerle daño. Luego, unas cuantas bastaron para arrebatarle la luz a un ser excepcional.

Álvaro Obregón precipitó su tiempo. La gloria ya le sobraba. El clero estaba temeroso; seis años más por delante de una presidencia anticlerical les era impensable.

Llegamos a Buenavista donde había una selva de coronas. El barbudo Aurelio Manrique, de filiación puramente obregonista, sobre los estribos mismos del tren pronunció una arenga apasionada donde insinuaba mi posible colusión en el asesinato del general Obregón. Manrique, campeón de la saliva, inició lo que sería una fricción con varios obregonistas que sintieron sus posiciones amenazadas. Subido el féretro del presidente al tren, el convoy se puso en marcha.

En el trayecto iría recolectando luto de pueblos y rancherías. El héroe de Celaya regresaba a Huatabampo para siempre.

El mito de Obregón había muerto, no así las ambiciones de varios que se decían sus partidarios.

En julio de 1928 yo todavía era el presidente constitucional, me restaban cuatro meses de responsabilidad frente al Estado.

Esa noche me fui a casa apesadumbrado y caí en cama.

RAPSODIA DÉCIMO SEGUNDA

Tres mentiras continuas hacen una verdad

a malevolencia humana, que como sabemos no tiene límites, se encargó de propagar la tesis de que yo había accedido al asesinato del presidente electo con tal de garantizar mi estancia en el poder. Si sólo supieran que lo contrario es lo que más deseaba.

Me urgía regresar a la costa y, como decía mi abuela, platicarle al mar descalzo.

Delegué la investigación del asesinato a un general designado por un comité obregonista. Mi propio yerno, Fernando Torreblanca, votó, al igual que el resto de amigos, a favor del general Ríos Zertuche; lo faculté ampliamente para que procediera según lo considerara conveniente. Él sustituyó a Roberto Cruz, que era mi jefe de policía. La sospecha era inadmisible.

Yo personalmente entrevisté a León Toral, el autor material del asesinato. Se negó a darme información alguna. Eventualmente, la investigación arrojó la evidencia que lo hacía cómplice de la famosa madre Conchita, una monja relamida que celebraba reuniones clandestinas en su casa con grupos clericales que planeaban el asesinato del general Obregón y de mi persona.

La copia del resultado de la autopsia, que leí en la comandancia de policía, señaló que ni un solo órgano de las regiones torácicas y abdominal escapó de daño mortal; decía también que posiblemente el tercero de los disparos —no entiendo cómo puede determinarse el orden de los mismos— debió haber entrado a su cuerpo y atravesado el corazón en la parte súper-posterior del ventrículo derecho. Es el instante en que la vida se despide del murmullo y entra al reino del silencio.

También dieron con el sacerdote Jiménez, quien había bendecido la pistola que utilizó Toral. Después de un juicio escandaloso, él fue fusilado públicamente en la comandancia de policía frente a una gran multitud, mientras que la religiosa intrigante fue enviada al penal de las Islas Marías con una condena de diecinueve años.

La monja conspiradora fue la peor; la impostura dominó sus histriónicas apariciones. Mientras develaba con su dicho la relación entre todos los intrigantes, le colgaba de la mano un rosario negro escurriendo beatitud.

Aún así, a partir de ese hecho y en años por venir, los abarroteros de la historia han tomado ventaja de mi ausencia para señalarme involucrado en tamaña fechoría, tomando sólo en cuenta mi relación con Morones.

Tal cosa es una infamia, tanto por Morones, que aunque había protestado públicamente contra Obregón por su reeleccionismo, no tuvo nada que ver con el asesinato, como conmigo mismo, que resulté el más afectado. En esa ocasión le dije a Morones:

—Ahora sí, el clero nos ha dado en la madre.

Se desató una tormenta en mi alma; envejecí diez años en sólo unas semanas. La reflexión profunda se hizo presente, me mantuve en cama algunos días y al final mi resolución era clara: la Revolución había dependido en todas sus etapas de uno o varios hombres fuertes, pero ése era el fin de una era; ya no habría más caudillos.

Todos estaban muertos; supe que por ningún motivo volvería a ocupar la presidencia de la República, ni siquiera por esos dos años adicionales que, ante la emergencia, me solicitaba el Congreso.

En ese momento determinante, de haber tenido ambición política para permanecer en el poder, lo hubiera hecho sin dificultad. El congreso mayoritariamente era mío y las corrientes políticas lo hicieron evidente.

Mi decisión fue terminante:

—No más caudillos.

Mi testamento político

El 1 de septiembre de 1928, presenté ante el Congreso de la Unión mi último informe presidencial, tal comunicación habría de convertirse en un parteaguas en la política nacional. Expresé a la nación y a los círculos de poder la grave necesidad de que el país reformara su conducta política. Había urgencia de acudir a la democracia en busca de hombres que dirigieran el Estado.

No hace falta abundar, para efecto de estas memorias, la esencia de mi mensaje que es bien conocido y que en ese momento resultó trascendental. Había llegado el tiempo en que México escogería a sus gobernantes a través de instrumentos democráticos que permitiesen la participación de todas las corrientes políticas.

El centro de la propuesta política en 1928 consistía, fundamentalmente, en que la voluntad de la nación abandonaría el culto a los caudillos, mandones del pasado. Tendrían que ser sustituidos por instituciones políticas que sirvieran de conducto frente a todos los mexicanos. Éstas debían ser creadas; no existían.

Las manifestaciones de apoyo parecían ser aplastantes; no era así, Luis León, observador agudo del entorno, me confió esa misma noche:

—Señor general, he podido leer en los ojos de algunos miembros del Congreso y de jefes militares señales de sedición.

ALFREDO ELÍAS CALLES

"La Buki" había vuelto a comunicarme con insistencia:

Cuidado, coronel Calles, Saturno se posiciona en tu futuro.

Calendario de mañanas

En el mes de septiembre de 1929, convoqué a una junta de generales. En presencia de todos los jefes militares del país, hice un exhorto a su patriotismo y a sus deberes de soldados; todos parecieron acordes y aparentemente me dieron su apoyo.

La lisonja me convirtió mediáticamente en el "Jefe máximo de la Revolución". Nunca imaginé las dificultades que enfrentaría; además, me agarró cansado.

Después del enorme vacío que dejó la muerte del general Obregón, el Congreso de la Unión designó a Emilio Portes Gil como presidente provisional de la República, hasta que se llevaron a cabo las elecciones y Pascual Ortiz Rubio fue votado a la silla presidencial; ante su fracaso, el general Abelardo Rodríguez asumió el mandato de la nación hasta 1934.

En la primavera de 1929, prácticamente dos años después de iniciarse el conflicto religioso, aún se llevaban a cabo combates muy importantes. A los cristeros los lideraba el general Gorostieta, hijo de un ministro del régimen porfirista.

Éstos fueron los años en que el gobierno enfrentó la gran crisis económica de los tiempos. La Gran Depresión se había iniciado en Norteamérica y, como siempre, las consecuencias eran devastadoras para nuestra nación. Los cristeros aprovecharon la oportunidad, en este momento de debilidad del gobierno, y se aprestaron a la toma de ciudades importantes como Guadalajara, Aguascalientes y Tepic.

El gobierno los enfrentó con un ejército fuerte a cargo de Joaquín Amaro, quien me relató lo difícil que resultaba combatir a aquellos grupos desorganizados y tan dispuestos al sacrificio inútil.

Desde la frontera, los monseñores purpúreos negaban su participación en la guerra, sin embargo, circulaba profusamente la idea de que el papa, desde Roma, bendecía a *sotto voce* a los combatientes de la guerra cristera.

En 1929, la iglesia y el gobierno del presidente Portes Gil finalmente hicieron las paces. Tal acuerdo ya se había tratado exactamente un año antes, pero el asesinato del general Obregón retrasó la formalización del armisticio.

El papa Pio XI insistió hasta el último momento en la devolución de edificios que, decía, eran propiedad de la iglesia. El gobierno refrendó: en cuestiones de fe el papa manda; en la ley, sólo el gobierno. No se devolvió nada.

Ya firmada la paz, en el mes de junio repicaron las campanas, los obispos regresaron al país. El banco del altar reabrió sus puertas.

Los campesinos enterraron a sus muertos, las plañideras trabajaron sin descanso y los curas regresaron a los templos.

El gobierno asumió sus pérdidas. Lo peor: nosotros los revolucionarios no conseguimos nunca conciliar la idea de que los grupos que nos habían combatido, eran los mismos que nosotros estábamos empeñados en educar e incorporar a las corrientes de la civilización.

México nuevamente había sufrido; Gorostieta estaba muerto y ahora le rezaban. Yo, en mis funciones presidenciales, en esta confesión retrospectiva, comprendí que en el afán de proteger la integridad del Estado mexicano, posiblemente me había excedido. Quizás si hubiese flexibilizado algunas leyes tales como la limitación de sacerdotes en los estados o bien, el registro de los mismos, esta catástrofe se hubiera evitado.

En vez, ni ellos ni nosotros multiplicamos los panes de Jesucristo, sólo los muertos.

Gorostieta se volvió objeto de culto religioso. Yo, el ex presidente Calles, fui convertido en el anticristo. Me tranquilizaba recordar la andanada de maleficios que le fueron recetados al cura Hidalgo, héroe de nuestra Independencia:

> Por autoridad del Dios omnipotente, el Padre, el Hijo y el Espíritu Santo y de los santos cánones, y de las virtudes celestiales, ángeles, arcángeles, tronos, dominaciones, Papas, querubines y serafines. Sea condenado Miguel Hidalgo y Costilla, ex cura del Pueblo de Dolores. Lo excomulgamos y anatemizamos, y de los umbrales de la iglesia del todopoderoso Dios, lo secuestramos para que pueda ser atormentado eternamente por indecibles sufrimientos.

En mi caso, a pesar de haber recibido sentencias similares, vuelvo a confirmarles que en este plano aún no me encuentro con la delegación satánica que tanto me desearon los sotanudos.

Adiós Chatinga

A dos años de la muerte de mi esposa Natalia y uno de la del general Obregón, durante la presidencia de Portes Gil, conocí en la capital a Leonor Llorente, una mujer encantadora; más joven que yo, bulliciosa y delicada. Tocaba la guitarra y resultó una gratísima compañía.

En esas circunstancias emotivas se dio mi relación con Leonor, un año después contraje matrimonio con ella y esto me dio gran ánimo. Solíamos ir con frecuencia a Santa Bárbara, mi granja cerca de Texcoco. Yo la hice aprender de los animales en la granja, particularmente el ganado bovino y su evolución se volvió materia grata compartida. Pronto se dieron los hijos: Leonor me dio a mis últimos vástagos, Plutarco y Leonardo.

Le escribí desde el sanatorio en la frontera donde había ido a atenderme de mis problemas de salud diciéndole:

Chatinga mía, no descuides a los becerros que son de buena clase, bien cuidados son buenos productores de leche, además son ejemplares de pedigrí.

Y a pronto de recibir mi carta ella me envió un telegrama diciendo:

Te estás volviendo reaccionario mi Chato. No me he sentido bien, tenemos que hablar.

Su carta resultaría agorera sobre su mala salud. Leonor enfermó gravemente y sólo dos años después de nuestro matrimonio la perdí. Nuevamente era viudo a los cincuenta y cinco años.

Conspiración de enanos

El presidente Portes Gil inició su gestión con entusiasmo. Había sido gobernador de Tamaulipas, era un abogado competente y su lealtad con el general Obregón fue impecable. Si no era exactamente de los nuestros, estaba muy cerca de serlo.

Las habitaciones del Hotel Regis se convirtieron en el refugio favorito de las conjuras de esos días. A pesar de los compromisos emotivos recién pactados, los hombres pequeños confabulaban guiados por sus ambiciones. Hubo varios que se presumieron capaces de conducir al Estado por las rutas que demandaran los tiempos.

Particularmente se dio la insidia de un grupo sonorense que incluía a Gilberto Valenzuela y a los hermanos Topete, personajes insignificantes cuyo único mérito era el de haber sido amigos del general Obregón. ¿Quién había roto la promesa? Abundaron los improperios, siempre acompañados de una letanía de embustes de cantina.

A ellos se sumó José Gonzalo Escobar, el petulante divisionario que presumiblemente encabezaría la revuelta.

Yo venía insistiendo en la necesidad de que era conveniente que la presidencia fuese ocupada por un civil y que los militares deberían de abstenerse de aspirar a ella; sin embargo, ellos no lo consideraban así.

Gilberto Valenzuela, que fue miembro de mi gabinete presidencial, había regresado de una comisión diplomática en Europa; no mucho tiempo después y de acuerdo con los infidentes que ya he mencionado, aceptó ser postulado para la presidencia en las próximas elecciones.

Valenzuela había sido el autor del Plan de Agua Prieta, que yo mismo promulgué desde la frontera en 1920, documento que fue el sustento político que sirvió para destronar al señor Carranza.

En ese momento, él resultaba el autor de un nuevo plan, titulado de Hermosillo, destinado a desconocer al gobierno de Portes Gil. Así eran las cosas; más aún, el mismo personaje promulgaría toda clase de denuestos en contra de mi persona. Vaya chaquetero.

Nuevamente me encontraba en el centro de la tormenta:

—El águila ha de mantenerse lejos, en lo alto, para evitar los nidos de las serpientes —dijo "La Buki" la última vez.

Mientras el presidente Portes Gil llevaba a cabo sus tareas de gobierno, yo, lejos de las funciones cotidianas de gobernar, dediqué la totalidad de mis esfuerzos al diseño de un partido político que permitiera a nuestro movimiento social aglutinar las voluntades y las energías de los revolucionarios. Una alianza que permitiese a los grupos dirimir sus controversias en el seno civilizado de una organización política con la fuerza necesaria para domar voluntades irresponsables.

El propósito era claro, la realización resultó una tarea hercúlea.

La convención original del partido habría de celebrarse en Querétaro, el 3 de marzo de 1929. Según los escrutinios iniciales que realizamos, la lectura a favor de la candidatura de don Pascual Ortiz Rubio parecía favorable. Él había sido gobernador del estado de Michoacán y embajador de nuestro país en Alemania cuando yo lo visité en 1924; siempre me pareció un hombre moderado y de comportamiento recto.

Mi predilección, sin embargo, fue en favor de Aarón Sáenz, quien había sido amigo del general Obregón y lo era también mío. Su hermana Elisa contrajo nupcias con mi hijo

Plutarco y la relación con él me era muy familiar. Pero el resultado del recuento entre los miembros del naciente partido favoreció al ingeniero Ortiz Rubio. El resultado fue inesperado.

La tarde del día 2 de marzo, mientras nos encontrábamos divagando sobre la concepción del Partido Nacional Revolucionario, recibimos la noticia de la insurrección escobarista. Los enanos, a pesar de lo convenido, se habían levantado en armas.

El gabinete del presidente Portes Gil incluía, en el Ministerio de Guerra, a Joaquín Amaro, baluarte del ejército mexicano. Amaro había recibido mi apoyo incondicional en la formación de la institución militar que nos propusimos consolidar. Él, un autodidacta de cualidades superiores, poseía las virtudes ejemplares de un soldado irreprochable. Además, centauro extraordinario, practicaba los deportes ecuestres con gran destreza.

Durante un encuentro de polo, la pelota de madera que salió despedida del mazazo de un caballista se estrelló en el ojo de Joaquín Amaro y tuvo que ser hospitalizado de inmediato. Había quedado invalidado por algún tiempo.

Recibí llamada del presidente Portes Gil. Como ya les he referido, desde el final de mi mandato presidencial y a raíz de la muerte del general Obregón, yo había decidido irrevocablemente no volver a ocupar la silla presidencial; sin embargo, Portes Gil me recordó que ahora me reclutaba como soldado y por lo tanto tenía que sustituir a Joaquín Amaro en la Secretaría de Guerra.

Regresé a casa apesadumbrado. No se me daba el tiempo del reposo. Hurgué en mi ropero y extraje las botas de campaña. Recordé al general Obregón:

—No te preocupes Plutarco, son puros pájaros nalgones —así solía decir. Los tiempos de guerrear habían regresado.

Recluté a algunos divisionarios, entre los que se encontraban Lázaro Cárdenas, el general Andrew Almazán,

Rodrigo Quevedo, Saturnino Cedillo con sus agraristas, y otros que combatieron la revolución cristera.

Nos dispusimos a enfrentar la amenaza rebelde encabezada por Escobar y los hombres pequeños de Sonora; la insurrección se dio a lo largo del territorio nacional. Comenzamos por pacificar Veracruz y el sureste, las fuerzas de los levantados sumaban alrededor de veinte mil hombres bien armados.

En esta etapa corroboré lo que ya llevaba tiempo observando: la feria de las traiciones. El primero fue Aguirre, en Veracruz; el que yo suponía un leal soldado probado, confirmó su infidencia el primer día. También al mismo tiempo se nos volteó Claudio Fox, quien había sido mi subordinado y el responsable directo del fusilamiento de Serrano en Huitzilucan. Sus ambiciones republicanas no tenían más solidez de la que el coñac les brindaba.

El recuerdo leal a la memoria de mi amigo y socio político, el general Obregón, me motivó a realizar una campaña decisiva para acabar con la insurrección de 1929, coincidente con la gran depresión económica en el país vecino del norte. Las consecuencias en las finanzas nacionales fueron muy serias; la guerrita de los traidores resultó irresponsable y costosa a la nación.

Dos meses duró la campaña; los derrotamos en todos los frentes y los comediantes presidenciales fueron siendo empujados hacia el norte después de perder el último de sus bastiones: el estado de Sonora. En Guaymas, mi puerto natal, los cañoneamos desde los dos únicos barcos que teníamos y por tierra los hicimos huir. Ellos en el camino lo fueron robando todo, incluyendo el recurso de los bancos. El bandidaje "libertario" había sido practicado no sin consecuencias. De nueva cuenta hubo muchas víctimas.

Los Topete y el barbón Manrique, que tanto me habían instigado, terminaron refugiados en California, trabajando en papeles secundarios en las películas con John Wayne. El destino los regresó a lo que eran: actorcillos de medio pelo.

Ésta habría de ser la última de las asonadas de la Revolución. A pesar del malestar físico y mental que esta campaña me había producido, acepté satisfecho que éstos eran los cimientos que le darían a México la oportunidad democrática, aunque ésta fuese objeto de múltiples abusos en años por venir.

Concluida la contienda, le solicité al presidente Portes Gil mi relevo en la Secretaría de Guerra y así terminó mi primera incursión en posiciones ministeriales durante el llamado Maximato. Luego, con Ortiz Rubio, llegué a ser secretario de Hacienda y eventualmente regresé de nueva cuenta a ser ministro de Guerra. Todos estos cambios fueron dictados por la necesidad, por carecer de elementos que contaran con la ascendencia y la experiencia para conducir los negocios del Estado.

Yo sentía la necesidad de que se mantuvieran las cosas razonablemente manejables. Había que evitar tormentas que pudiesen descarrilar la estabilidad del gobierno.

Los conflictos de carácter internacional y financiero, la posición del clero, así como el mantenimiento de la paz en la República nos obligó a la vigilancia extrema de nuestra precaria situación. Las fuerzas de la reacción y las ambiciones petroleras nos mantenían en el filo de la navaja.

El presidente vive aquí,
el que manda vive enfrente

El ingeniero Ortiz Rubio triunfó sobre Vasconcelos en las elecciones de 1930. Según interpreté los números, me parecieron exagerados. Si bien es cierto que Ortiz Rubio ganó, yo pienso que los dígitos triunfadores fueron desfigurados de tal suerte que se volvieron aplastantes.

Pascual Ortiz Rubio asumió la presidencia de la República en el Estadio Nacional. Se veía emocionado. El presidente Portes Gil le transfirió la banda presidencial.

Nos trasladamos hasta Palacio Nacional, donde se sirvió un vino en honor del nuevo mandatario. Él, reservado y conservador como era, ya habiendo sido tocado el Himno Nacional, se retiró en compañía de su esposa y su sobrina en el Cadillac presidencial hacia el castillo de Chapultepec.

Antes de cruzar el umbral de palacio, de pronto apareció un joven bien vestido que agazapado había estado aguardando su salida. Sacó de entre las ropas un revólver y disparó al auto en movimiento, hiriendo al presidente sobre el maxilar y levemente a su familia por los vidrios que estallaron dentro del coche.

El automóvil a toda velocidad se trasladó hasta la Cruz Roja. El presidente de México inauguraba el primer día de su mandato con una visita al hospital para atender la herida que sobre el rostro le infligió Daniel Flores, presuntamente de formación sinarquista.

El incidente fue objeto de pesquisas policiacas que habían de traerle la tortura y consecuencias de difícil control.

Sobre los terrenos de Topilejo aparecieron en los próximos días restos de cadáveres violentados que tuvieron relación con el incidente presidencial.

Don Porfirio habría dicho: ¡el tigre sigue despierto!

Lamentablemente, el estado de salud del presidente se complicó; fue necesario vendarle casi la totalidad de la cabeza y con ese motivo guardarse dentro de los muros del castillo, mientras el hervidero político se trasladó hasta mi casa en Anzures.

Cuando apareció pintada sobre los muros la leyenda "El presidente vive aquí, el que manda vive enfrente" resultó exacta, pues no encontré la forma de contener las hordas políticas que llegaban a mi propia vivienda en busca de orientación o solución para los problemas que el presidente estaba imposibilitado de atender.

Las reuniones ministeriales se llevaban a cabo en el castillo y yo me presenté en varias de ellas para compartir con los actores del régimen las inquietudes del momento.

Fui a Europa a actualizar mis nociones agraristas. En 1930, a mi regreso, México se encontraba en los umbrales de la bancarrota y según mi apreciación, debíamos atemperar la repartición de tierras pues nos estaba causando una hemorragia financiera. Lo peor: las tierras repartidas no generaban comida.

La reticencia del presidente a salir de su encierro le ganó los rumores de que estaba intimidado. Lamentablemente era cierto, el saco del Estado le quedaba grande.

Los problemas durante el mandato del presidente Ortiz Rubio, que sin duda era un hombre cabal y serio, se multiplicaron hasta llevarlo a la dimisión en noviembre de 1932. Nuevamente, el huracán político me convirtió en el malo de la película. Las circunstancias me obligaban a sugerir soluciones.

Yo, en algún momento, escuché los comentarios que en voz baja proferían unos oficiales en el castillo de Chapultepec:

—Esta pinche momia no gobierna ni en el museo.

De nueva cuenta, el sistema político se vio en la necesidad imperiosa de buscar soluciones temporales, en espera de organizar la próxima elección presidencial que se daría hasta 1934; aún faltaban dos años. El Congreso, en uso de las facultades de ley, se reunió para designar nuevamente al presidente interino que cubriera los poderes abdicados.

El general Abelardo Rodríguez resultó elegido sin mayor conflicto. Un bajacaliforniano distinguido cuya hoja de servicio militar si no muy activa, era honorable. Él fue hostigado por las corrientes emergentes de izquierda que representaba Lombardo Toledano, el gran líder sindical.

La conformación de su gabinete presidencial incluyó a varios miembros de las administraciones recientes, tales como el ingeniero Pani, los generales Amaro y Quiroga, los licenciados Emilio Portes Gil (recién presidente interino), Narciso Bassols y otros colaboradores, cuyas actuaciones eran bien conocidas.

A los enemigos del gobierno les resultaba fácil establecer la tesis de que todos ellos eran parte de la influencia del régimen "callista" que así prolongaba su mandato. No había crisis política; sólo carencia de figuras. El país padecía de una sequía de hombres talentosos y patriotas.

Los valiosos, como Vasconcelos, Luis Cabrera, Vito Alessio Robles y Valenzuela invalidaron su utilidad a la patria construyendo personalidades megalómanas que los hicieron inútiles a la causa nacional, simplemente por ambicionar tareas muy lejanas a las realidades de una nación bronca, que más que la democracia, le urgía la disciplina.

Ya con el año de 1934 en la mira, se dispararon las intrigas electoreras para designar al candidato del Partido Revolucionario.

Yo nuevamente me encontraba en la posición incómoda de atender solicitudes de ayuda a diferentes sectores. Lo hice a regañadientes; si no para orientar, al menos para disuadir pasiones que condujeran a nuevos enfrentamientos.

Me retiré a El Sauzal, la propiedad del presidente Abelardo Rodríguez, en Baja California, quien me la ofreció pensando en que recuperase el vigor menguado.

Resultaba irónico que, mientras el mundo político se mostraba con ánimos exacerbados con relación a mi persona, la realidad era que estaba cansado y envejecido por la carga de vida que el destino me había echado encima.

El honor cuestionable con que se me había prodigado la adulación mediática insistió en llamarme el "Jefe máximo de la Revolución"; más adecuado hubiera resultado designarme "Jefe sobreviviente de la Revolución".

Entre tantos revolucionarios distinguidos, yo era el único líder que había superado los tiempos y eso apenas, pues la verdad era que mi salud quebrantada cobraba su precio y mi voluntad política ardientemente deseaba el retiro.

Para entonces, con cincuenta y siete años muy trabajados, ya no tenía la energía para hacerme cargo de los negocios del Estado.

"La Buki" dice adiós

Todo principio tiene fin. Las águilas vuelan sobre el desierto y luego se retiran a la montaña, donde no se iniciarán más vuelos. Así solía referirme "La Buki" el espacio cósmico que ocupamos los humanos en nuestro tránsito terrestre. Recibí una carta de ella que lo dice todo:

Coronel Plutarco, hace dos meses que Dimas se nos murió en Vícam, ya no amaneció. Estuvo enfermo varias semanas y deliraba, él presintió su partida con toda claridad.

La tribu se reunió y lo expusimos toda la noche a las estrellas y al desierto; al día siguiente lo llevamos a caballo hasta lo alto y ahí, sobre unas piedras desnudas, lo acostamos y lo dejamos solo. Más tarde llegarían las aves de la muerte para alimentarse con sus carnes y elevarlo al cielo.

Yo comprendo que el fin de mi ruta está próximo; mis dolencias no mejoran y no tengo deseo alguno de someterme a la tortura de trasladarme hasta la capital de la República para hacerme ver por un médico yori. Ya se me acabó la voluntad.

Quiero despedirme de ti, aunque ya eres presidente de los yoris, para mí siempre fuiste el coronel Plutarco, ese hombre mostachón al que mandaron para aplacar a la tribu. Hiciste de todo con nosotros; nos ayudaste y también nos mataste hartos. Dimas solía decirme que no eras malo, pero que las estrellas te escogieron para mandón, pues así te tocó, además decía que tú también eras hijo del desierto.

Todavía te falta lo peor, recuerda que hace tiempo te vengo diciendo que hay muchas nubes en el espacio de tu cielo y que conocerás la amargura, igualmente has disfrutado de la visión que sólo las águilas conocen al volar tan alto.

Me despido, coronel Plutarco; te espero allá en el valle donde suelen pastar los búfalos blancos.

La fuerza del partido

En 1932, la pujanza del Partido de la Revolución era manifiesta. El esfuerzo de tres años hizo posible, en forma razonable, que los principios democráticos eligiesen al candidato presidencial de nuestro partido. La institución política por mí concebida y que respondió a las necesidades de la época, probaría sus bondades. El PNR-PMR-PRI apoyaría la candidatura de los hombres que gobernaron la nación mexicana desde los años de 1934 en adelante.

Hay que admitir que los propósitos del partido se verían manchados por la corruptela que suele darse en el universo político. Fueron los hombres y no la organización los que fracasaron en la tarea de darle credibilidad y solidez a la institución política de la Revolución. Aún así, con todo y la viruela, el partido resultó ser la receta para mantener la salud del Estado. Los procedimientos que adoptamos permitieron conducir a la nación con el menor costo-país posible.

Durante mis cavilaciones emotivas con la muerte del general Obregón concebí la necesidad de crear el mecanismo que llevaría a México a liberarse de los caudillos. Como ya he comentado, todos habían muerto; sólo la organización política puede elegir a los candidatos de la medianía, que servirán a la nación a través de los mecanismos creados.

Fueron el Partido de la Revolución y el nuevo Ejército Nacional las instituciones que más he querido. Tuve grandes colaboradores en lo político y en lo militar conté con el general Amaro.

Esta concepción política en el liderazgo permitió a la nación mexicana escapar de un sometimiento militar como el padecido por varios países de la América hispana.

Los años de crecimiento sostenido; el mantenimiento y consolidación del Estado laico, las clases medias en los estratos sociales, los sistemas de salud y educación; en suma, la incorporación gradual de México a la modernidad. Ésos fueron los tiempos del PRI.

México se salvó de las dictaduras al estilo Batista, en Cuba; Trujillo, en la Dominicana; Pérez Jiménez, en Venezuela; Rojas Pinilla, en Colombia; Pinochet, en Chile; los Somoza, en Nicaragua; o de la clase castrense, como en Paraguay y Argentina.

Nuestro país evitó estas experiencias traumáticas porque tenía un PRI que logró, con un programa social, resultados razonables.

El suelo de Anáhuac debe dejar de ser un valle de lágrimas.

RAPSODIA DÉCIMO TERCERA

En busca de nuevo líder

Surgieron las candidaturas de Manuel Pérez Treviño, Lázaro Cárdenas y Carlos Rivapalacio para la presidencia de la República en el periodo 1934-1940. Yo estaba decidido a promover la evolución democrática que, en forma razonable, permitiese la elección del candidato por el partido.

Lázaro Cárdenas se había hecho familiar en mi entorno los últimos veinte años; se le consideraba un joven fiel subordinado, era modesto, serio y honrado; además se decía adicto a los principios revolucionarios que yo encabecé.

Los sondeos de opinión que generó la candidatura del general Cárdenas resultaron favorables, pero yo seguía sin pronunciarme.

Dispuse que se realizaran consultas entre los gobernadores para designar al candidato. En los tiempos que corrían, Rodolfo, mi hijo, era gobernador de Sonora. Él, por su cuenta, decidió apoyar la candidatura del general Cárdenas. Bastó tal deferencia para que el mercado político interpretara la señal esperada. Si Rodolfo Elías Calles apoyaba a Cárdenas; yo debía favorecer la misma elección. ¡Se dio la cargada!

Yo no elegí a Lázaro Cárdenas, lo designó el partido.

El entorno político, como opinaba todo el mundo, lo dominaba yo. Eso lo sabían hasta los gendarmes.

En diciembre de 1933, recibí una carta de Lázaro Cárdenas que decía:

Honrado convención nacional del PNR al designarme su candidato a la Presidencia de la República, debo significar a usted, en su carácter de creador de este instituto y sincero orientador, que éste será el empeño que guiará todos mis actos para mantener la unidad revolucionaria.

Cariñosamente salúdolo, Lázaro Cárdenas.

Ya en la silla

A Lázaro Cárdenas, yo no lo hice presidente de la República pero, ciertamente, tampoco lo impedí. Elegido a la presidencia, Cárdenas, acusó inseguridad ideológica que le hizo fácil víctima de las corrientes del pensamiento bolchevique de los tiempos. Toda una generación de intelectuales mexicanos glamorosos fueron sus contemporáneos: Diego Rivera, Frida, Siqueiros, Orozco y el doctor Atl. Además, se había refugiado en México el célebre líder de la revolución rusa, Trotsky; ser comunista en esos tiempos era elegantón. El joven presidente quedó deslumbrado frente al arcoíris soviético.

Él deseaba establecer en el México de los años treinta un régimen de características similares a las de la naciente revolución bolchevique. Me consultó a principios de su gobierno, en 1934, y le manifesté enfáticamente que el hacer del país una cooperativa nacional no funcionaría:

—México está urgido de disciplina, recoja las riendas, resista la caballada. En este territorio nuestro, con la mirada de los güeros encima y la cruz tatuada en el ánimo de las gentes, el comunismo es una ilusión de novela rosa.

Resultaba increíble que a mí, que había sido el presidente radical de la Revolución, y establecido las condiciones de apertura al movimiento obrero en nuestro país, ahora los cardenistas me señalaran como el elemento reaccionario que impedía la socialización integral de la nación. Como ya he dicho antes: él concebía una república proletaria diseñada con sabor a enchilada nacional.

Infamia en puerta

A principios del año de 1935, inicié mi peregrinaje hasta la meca de mis sueños recientes, las playas de Sinaloa: El Tambor. Mi hija Alicia había construido sobre una playa desierta una casa de madera que convertí en mi fantasía. Ese retiro tan modesto terminó siendo un auténtico atenuante a las presiones vividas en los últimos años. Las olas de gran tamaño que, disfrazadas de encaje, rompían sobre la franja desierta, se convirtieron en el refugio de mi cuerpo maltratado y, a diario, me aventuraba a ingresar a sus aguas mágicas, carentes de maldad alguna.

En el momento que la inestabilidad sindical surgió en el panorama, el joven presidente Cárdenas, carente de experiencia, enfrentó el caos generado por la multiplicación de huelgas en el territorio nacional. Con ese motivo envió hasta El Tambor a mi hijo Rodolfo.

Como ya he narrado al principio de estas memorias, mi hijo fue portador de la solicitud del señor presidente para que me trasladara a la capital y lo asistiese en la solución de estos conflictos, en los que yo contaba con vasta experiencia. Recuerden que me resistí en principio; finalmente le telegrafié al presidente:

27 de abril de 1935.

Me ha comunicado hoy sus deseos mi hijo Rodolfo, relativo a mi regreso a ésa. Por creerlo leal y conveniente, con todo gusto iré jueves próximo.

Dos días después, el presidente Cárdenas contestó mi mensaje:

> Con satisfacción me enteré su determinación regreso ésta el próximo jueves. Ruégole informarme si hará usted su viaje por avión. Salúdolo cariñosamente.
>
> Presidente Cárdenas.

Lejos estaba de sospechar que ése era el inicio de la celada de que fui objeto en los próximos doce meses.

El avión despegó desde la playa, que con la marea baja presentaba condiciones ideales para el aeroplano monomotor que nos condujo hasta Culiacán, desde donde abordamos otro avión hasta México.

Aterrizamos en Balbuena y un grupo nos esperaba en el aeropuerto con el señor presidente Cárdenas al frente. Me sentí muy complacido por las muestras de respeto recibidas.

El 13 de junio de ese año, miles de activistas políticos se acostaron tranquilos con una conciencia calles-cardenista, para despertar días después con otra radicalmente cardenista, lo que ya suponía un enfrentamiento con mi persona y al llamado régimen callista.

Recibí más de mil telegramas congratulatorios por el contenido "patriótico" de mi mensaje en apoyo al presidente Cárdenas y a su gobierno.

Me reuní con los senadores y señalé la inconveniencia de la agitación obrera y de la división camaral. Mis visitantes mostraron conformidad y se acordó nombrar a Ezequiel Padilla vocero de la entrevista. Concluido el encuentro, Padilla se quedó conmigo y me pidió autorización para tomar mis comentarios y publicarlos como si fuera una entrevista, lo cual acepté. Aquello se convirtió en un documento histórico.

Debo hablar a ustedes con la franqueza que acostumbro; lo que ocurre de más inquietante en las Cámaras, según los informes que he recibido, es que comienza a prosperar esa labor tendenciosa realizada por gentes que no calculan las consecuencias, para provocar divisiones personalistas.

Debieran saber los que prohíjan y realizan estas maniobras, que no hay nada ni nadie que pueda separarnos al Gral. Cárdenas y a mí. Conozco al Gral. Cárdenas. Tenemos 21 años de tratarnos continuamente y nuestra amistad tiene raíces demasiado fuertes para que haya quien pueda quebrantarla.

Éste es el momento en que necesitamos cordura. El país tiene necesidad de tranquilidad espiritual. Necesitamos enfrentarnos a la ola de egoísmos que vienen agitando al país. Hace seis meses que la nación está sacudida por huelgas constantes, muchas de ellas enteramente injustificadas. Las organizaciones obreras están ofreciendo en numerosos casos ejemplos de ingratitud. Las huelgas dañan mucho menos al capital que al Gobierno; porque le cierran las fuentes de la prosperidad. De esta manera, las buenas intenciones y la labor incansable del señor Presidente están constantemente obstruidas, y lejos de aprovecharnos de los momentos actuales tan favorables para México, vamos para atrás, para atrás, retrocediendo siempre; y es injusto que los obreros causen este daño a un Gobierno que tiene al frente a un ciudadano honesto y amigo sincero de los trabajadores, como el general Cárdenas. No tienen derecho de crearle dificultades y de estorbar su marcha.

El 13 de junio, México se conmovió ante lo que yo había dicho, pero quedaba pendiente la interpretación que el presidente Cárdenas concedió a frases de tanta trascendencia.

Por una extraña coincidencia con la maldad, veinticuatro horas después, el presidente Cárdenas publicó otras declaraciones, en las que asentaba, en esencia, que no toleraría la intromisión del callismo en su gobierno. La misma cantidad de telegramas fue enviada, en esa ocasión, a la presidencia, felicitando a Cárdenas por cerrarme el paso.

Cumplo con un deber al hacer del dominio público, que, consciente de mi responsabilidad como Jefe del Poder Ejecutivo de la Nación, jamás he aconsejado divisiones que no se me oculta serían de funestas consecuencias, y que, por el contrario, todos mis amigos y correligionarios siempre han escuchado de mis labios palabras de serenidad, a pesar de que determinados elementos políticos del mismo grupo revolucionario (dolidos seguramente porque no obtuvieron posiciones que deseaban en el nuevo Gobierno) se han dedicado con toda saña y sin ocultar sus perversas intenciones, desde que se inició la actual Administración, a oponerle toda clase de dificultades, no sólo usando la murmuración que siempre alarma, sino aún recurriendo a procedimientos reprobables de deslealtad y traición.

El presidente justificaba en su declaración los movimientos laborales ocurridos, considerando que eso mismo consolidaría la paz social y la economía del país a medida que se hicieran los ajustes indispensables. Quedé azorado ante su afirmación de que las huelgas eran admisibles pues eran el resultado natural de los ajustes que mencionó. Yo me pregunté: "¿Entonces para qué me solicitó que viajara hasta la capital con el fin de serenar los ánimos y las huelgas que tenían a la República tambaleante?".

Los rumores insidiosos que llegaron hasta los oídos del presidente lo persuadieron de que había que eliminarme del camino. Se decía que la sombra de mi persona se convertiría en un serio obstáculo para llevar a cabo los planes de su joven administración. Antes, el presidente Cárdenas ya me había enviado a Narciso Bassols, su secretario de Hacienda, para hacerme consultas ante la crisis de la plata frente al papel moneda. Yo, en mi retiro a las playas de Sinaloa, recibí la visita del personaje aludido en dos ocasiones, acompañado de sendas cartas manuscritas del señor Presidente. Solicitaba consejo; yo nunca lo ofrecí. Aunque mi experiencia había sido amplia en esos años de gobierno, jamás traté de imponer mi criterio al presidente en las tareas de su gobierno.

Se me había conducido a la celada concebida.

Ante estos problemas, el Ejecutivo Federal está resuelto a obrar con toda decisión para que se cumpla el programa de la Revolución y las leyes que regulan el equilibrio de la producción, y decidido asimismo a llevar adelante el cumplimiento del Plan Sexenal del Partido Nacional Revolucionario, sin que le importe la alarma de los representantes del sector capitalista.

Deseo expresar, finalmente, que en el puesto para el que fui electo por mis conciudadanos, sabré estar a la altura de mi responsabilidad y que si he cometido errores, éstos pueden ser el resultado de distintas causas, pero nunca el producto de la perversidad o de la mala fe.

El pánico oportunista surgió en los medios políticos. Una caravana de parlamentarios se trasladó de inmediato hasta Cuernavaca. Deseaban *orientación política*.

En una soleada mañana, yo todavía en pijama y bata, los recibí en el comedor de mi casa, cuyos ventanales daban a la visión de un árbol tabachín esplendoroso, para llevar a cabo la reunión con los miembros del Congreso. En forma grave asentí:

—El líder del Partido de la Revolución es también el presidente de la República, es al presidente Cárdenas a quien han de acudir para solicitarle sus instrucciones y guía. Éste es el momento supremo, donde la Constitución ha de ser respetada. El que dispone es el presidente de la República.

A mis amigos claramente les manifesté:

—Esta situación está prendida con alfileres, el presidente ha confundido mis acciones con una intención clara de estorbar en su gobierno. Es inútil, la ruptura está dada.

Después crucé el espacio que me separaba de la amplia estancia de mi casa. En turno, me esperaban los militares Medinaveytia y Joaquín Amaro, que en aquellos tiempos era director del Colegio Militar. Ellos no habían acudido en busca de sugerencias; eran soldados. Yo no era el presidente, pero seguía siendo el jefe; querían instrucciones.

El desvelo de la noche anterior había confirmado mi espíritu: mi voluntad inquebrantable de no alentar ningún movimiento para derrocar la presidencia de Lázaro Cárdenas.

Pude, pero no quise.

Ése fue el momento decisivo en el que reafirmé mi convicción. México no sufriría un descalabro más. El epicentro de mi testamento político era ése. Las instituciones por encima de los hombres.

En el terreno de los cariños, la cuenta de ahorros se gastó

Una noche, a solas con mi conciencia, abrí el archivo de los recuerdos y extraje el epistolario de Lázaro Cárdenas, a lo largo de veinte años que fue mi subordinado. Desde coronel; luego ascendido por mí a general de división, y luego elegido presidente de la República.

Encuentro repetitivas las expresiones de leal subordinación.

El 18 de julio de 1922, cuando yo era secretario de Gobernación, me escribió en su misiva:

> Con mis deseos se encuentre bien, me repito su atento subordinado que lo quiere.
>
> Lázaro Cárdenas

Y unas semanas después, el 20 de agosto, me rendía un parte que concluía:

> Saludo a usted con toda atención y me repito como su respetuoso subordinado.
>
> Lázaro Cárdenas

El 22 de septiembre se comunicó nuevamente y terminaba diciendo:

Saludo a usted con todo afecto y respeto y soy de usted su atento subordinado.

Lázaro Cárdenas

Entre tanto, Lázaro Cárdenas tuvo algunos ascensos y yo le asigné diversas comisiones militares. La buena voluntad entonces siempre le asistió; no así los resultados, pues en ocasiones tuve necesidad de reforzar sus mandos.

Ya como presidente de la República, en mayo de 1928, recibí carta del recién promovido general Cárdenas:

El haber llegado al grado más alto en nuestro ejército, lo debo a usted que siempre me ha distinguido y ayudado, y espero guarde usted la seguridad de que seré siempre de usted el amigo leal que seguirá guiándose en las ideas revolucionarias y ejemplo de honradez que usted nos ha señalado.

Lázaro Cárdenas

Los trágicos eventos que ensombrecieron el año de 1928, y que culminaron con el asesinato del general Obregón fueron del conocimiento absoluto de Cárdenas. En esos días, precisamente el 19 de julio, después de que habíamos llevado el féretro de mi jefe y amigo hasta la estación de Colonia, regresé a mi casa, abatido por la pesadumbre, y ahí recibí una misiva del general Cárdenas:

Ha sido dolorosa y sentida la muerte del General Álvaro Obregón. Ahora señor General Calles en vuestras manos ha quedado resuelta la situación del país y en estos momentos que la nación ha puesto sus esperanzas en usted, tened presente que el mismo grupo que mató a Álvaro Obregón, pudiera tener iguales intereses en vuestra muerte, pensad en los graves trastornos que esto traería, usted es el único que tiene ascendiente en toda la República.

En bien de la patria y los intereses de la Revolución, cuidad vuestra persona para evitar un nuevo desastre.

Quedo de usted como siempre, su respetuoso subordinado y amigo.

Lázaro Cárdenas

El cabalístico 13

El 13 de diciembre de 1935 regresé a la Ciudad de México, después de una ausencia premeditada de mi parte. Yo había estado en Hawai algunas semanas, luego regresé a California para una intervención quirúrgica y después de nuevo hacia mis costas queridas de Sonora y Sinaloa. Yo deseaba —inútilmente— que se calmaran las pasiones despertadas que ya he relatado. Un grupo reducido de amigos y funcionarios fueron a recibirme al aeropuerto. En esta ocasión el señor presidente no acudió. El "cariñosamente" ya era obsoleto.

Me vi obligado a retornar para defender públicamente a mi persona y al régimen callista, al que le habían sido colgadas todas las medallitas que la imaginación puede acuñar.

Se cometió la fechoría de llevar de regreso desde el penal en el Pacífico, a la madre Conchita, la religiosa relamida que cumplía una sentencia federal de diecinueve años. Al calor de las palmeras y el contacto con el agua del mar, la beata vino a menos y abrazó sus nuevos valores: sobarse con Castro Balda, su cómplice en aquel fallido atentado contra Obregón y contra mí. Como he relatado, ellos habían planeado que bellas damitas en un baile en Guanajuato nos inyectarían veneno. Las jeringas portadoras del maleficio fueron descubiertas y el preparador Castro Balda enviado a veranear al penal de las Islas Marías.

La ex monja Conchita contrajo nupcias con el reo Castro Balda. Se daría ahora un intercambio diferente. Ya no sólo serían cómplices de atentado, también lo serían en la cama. La primera fotografía publicada en la prensa mostraba a la beata en traje de playa. Eso sí, discretamente seguía escurriéndole de la mano un rosario negro.

El régimen cardenista la requirió y con base a reducir su sentencia carcelaria la persuadió de hacer declaraciones que sugerían una connivencia de mi parte con los asesinos del general Obregón. Ésa fue una ofensa intolerable.

El mismo general Cárdenas, que había sugerido mi vigilancia extrema, ante el peligro de ser asesinado por el mismo grupo, ahora permitía que se insinuaran versiones malignas para desprestigiarme.

La voluntad política se había pervertido, era una vileza. La madre Conchita, otrora sentenciada por la ley, era generosamente amnistiada por el presidente Cárdenas. Qué villanía.

En esas posadas decembrinas, tuvieron lugar acciones vergonzantes por parte del Senado de la República, manipulado por la presidencia. Cuarenta y ocho horas después de mi arribo a la Ciudad de México, cuatro senadores fueron desaforados en una sesión de emergencia por la gran Comisión del Senado de la República. El delito: haber acudido al aeropuerto a recibirme.

El senador Bandala se presentó ante el Congreso y declaró que en toda su vida jamás había sido acusado de sedición, que si la arbitrariedad que se había cometido obedecía al hecho de que era amigo del general Calles, la aceptaba como tal, no sin antes protestar vehemente.

Las vergüenzas no terminarían ahí; tres días después, nuevamente las alas izquierdas de la cámara inventaron razones inconfesables para decretar la desaparición de los poderes de Guanajuato, Sonora, Sinaloa y Durango. La Constitución fue pervertida para permitir esta vergonzosa maniobra, cuyo único objetivo fue destituir a cuatro gobernadores que, los vociferantes chaqueteros, acusaron de ser callistas.

En enero de 1936, no sólo se agotaron las muestras de cariño, se inició la peor campaña de medios en la historia contemporánea de nuestro país. Fue utilizado primordialmente el tabloide *La Prensa* para desatar una cadena de injurias y mentiras, que además fue grosera.

Lo más grave fue impedirme contestar. Todos los diarios del país fueron advertidos de la prohibición absoluta de publicar cualquier declaración de mi parte. El derecho natural de réplica fue anulado. La orden de presidencia fue fulminante: ¡que Calles no hable!

Y Calles no habló: no pude, no había dónde hacerlo. Se silenció la radio, se prohibió la palabra impresa y me mandaron a lo oscuro.

Eso fue una cabronada.

La Semana Santa de 1936

Una enorme ingratitud fue disfrazada de acción necesaria sólo para legitimar a un gobierno débil. Vaya maquinación.

Se vulneró el más íntimo de los ingredientes del soldado y hombre de Estado: el honor.

La disputa de las ideas debe ser debatida y cuestionada; tal es el propósito de la esencia republicana. Mentir institucionalmente para nublar el prestigio de un servidor de la nación es execrable.

La elocuencia cortesana persuadió al presidente Cárdenas de que las ramas de mi árbol le hacían sombra.

Seguí hurgando en el archivo de los recuerdos y encontré esta comunicación del 1 de mayo de 1934, sólo siete meses antes de convertirse en presidente. Así decía su misiva:

> En este día en que los trabajadores del país rinden honores a los obreros sacrificados, quiero hacer llegar mi saludo al hombre que ha dedicado la vida al triunfo y justificación de la Revolución Mexicana.
>
> Acepte usted la presente con el cariño que se lo dedico.
>
> Lázaro Cárdenas

El sujeto de la metamorfosis era yo. De líder iluminado, la felonía se encargó de transformarme en apóstata de la Revolución, a la que di mi vida.

El 1 de octubre de 1930, recibí carta del general Cárdenas, por conducto del mayor Rafael Pedrajo, en la que me envió un cariñoso saludo:

La agitación política del momento convencerá a usted, de lo indispensable que es aún su intervención y la inconveniencia de su alejamiento del país, porque aún no está cuajada alguna otra personalidad que tenga ascendente sobre políticos y militares.

Los enemigos de la Revolución y otros malos elementos, hacen labor de zapa, que va minando en todas partes.

Sólo usted puede serenar la situación, a evitar un nuevo desastre al país. Afortunadamente, está usted en condiciones de imponer el orden y hacer que todos nos dediquemos a desarrollar labor constructiva, obra de usted que ha puesto en manos del Primer Magistrado de la Nación.

Lázaro Cárdenas.

En vísperas de ser expulsado, me asombró el carácter farsante de su misiva.

Precisamente por haber sido requerido por el presidente Cárdenas para auxiliarle a "serenar la situación y evitarle un desastre al país", acudí con nobleza, desarmado de malicia.

La emboscada me esperaba. Las dagas preparadas para apuñalar al César.

Caravana con sombrero ajeno

En marzo de 1938, se culminó la nacionalización de los recursos petroleros. Fue un logro importante para el país. Aunque para entonces las exportaciones mexicanas de petróleo se habían reducido sustancialmente en comparación con las del periodo presidencial de Obregón y con la producción de Venezuela, ya por encima de nosotros, éste representó un paso decisivo en cuanto a la soberanía de la patria se refiere.

Nuestra historia está repleta de incidentes con los poderes extranjeros en relación con el diablo negro. El presidente Cárdenas firmó la nacionalización y se ungió a sí mismo como el autor de la decisión patriótica. Sin embargo, la conquista del petróleo fue de la Revolución; no de uno, de varios. A Madero le costó la vida. Carranza tuvo que soportar la invasión de Veracruz y las apariciones de la flota estadounidense frente a las costas del golfo cada vez que intentó tomar decisiones petroleras. Obregón enfrentó las presiones de reconocimiento a su gobierno, condicionado a la aceptación de normas ventajosas para los estadounidenses.

Yo mismo hice la Ley orgánica del petróleo, preludio de las acciones de 1938. Al tiempo que descubrimos la conjura norteamericana para invadirnos a cuenta del petróleo, ordené al propio general Cárdenas, entonces jefe de la zona Huasteca, dinamitar la totalidad de los pozos petroleros a su cargo, antes de permitir la intervención extranjera.

Él hizo bien en concluir el problema que tan penosamente habíamos sobrevivido.

La conquista petrolera fue de todos. La nacionalización de nuestros energéticos fue obra de una mutualidad revolucionaria. También lo fue la creación del gigantismo sindical, que habría de asumir la titularidad exclusiva de los beneficios de la empresa.

Tirano de la República

Comparto con el lector de estas memorias la definición de *dictador* que da el Diccionario de la Real Academia Española:

En la época moderna, persona que se arroga o recibe todos los poderes políticos extraordinarios y los ejerce sin limitación jurídica. Entre los antiguos romanos, magistrado supremo y temporal que uno de los cónsules nombraba por acuerdo del senado en tiempos de peligro para la república, confiriéndole poderes extraordinarios.

De mi infancia marcada por la orfandad hasta que llegué a ser presidente de la República transcurrieron cuarenta y siete años. Pasé por el magisterio e hice actividades de índole diversa para sobrevivir. Contemplé la tragedia de nuestro país viviendo en la oscuridad: masas ignorantes sin educación alguna que vendían su vida por veinticinco centavos la jornada; núcleos importantes de la población asumiendo el rol de esclavos frente al capital y la cruz. En mi tránsito terrenal, conté los numerosos muertos.

El destino me puso en la conducción de un pueblo que reclamaba un peldaño en el progreso de lo humano. Después de los treinta años del sosiego porfirista, la patria demandó acciones enérgicas para evitar el abismo.

Dijeron que yo era absolutista y que apenas aceptaba la participación de otros en la toma de decisiones. Una vez en posesión del objetivo, marché decidido y nunca miré para atrás, lo que me hubiera convertido en estatua de sal.

Si esta conducta mereció que se me calificara como autócrata, pues así sea.

Hemos de aceptar que nuestro país ha sido siempre sujeto de algún tipo de dictadura. Cosío Villegas, el célebre historiador, definió con un neologismo preciso la dictadura de Porfirio Díaz: *dictablanda.* Así se dieron treinta años de paz cómoda, durante la cual nuestra nación conoció un plan constructor impresionante.

El general Díaz, también de carácter absolutista, condujo a México por senderos seguros y de sosiego. El modelo se gastó; eventualmente, como sabemos, la *dictablanda* llegó a su término.

> Por la primera vez, después de treinta y tres años de dominio absoluto, se apedreó la casa del viejo Cesáreo que había imperado. Y allí se vio, se puede decir, el primer relámpago de la revolución que trajera el destronamiento.
>
> Rubén Darío

La *dictaterca* de don Venustiano Carranza, el jefe constitucionalista, quien con su obstinación nos condujo a empeñarnos en rescatar el honor de la República.

Aprendimos a venerar la Carta Magna en la conducción del Estado. Carranza encauzó nuestros esfuerzos con enorme vitalidad. Siempre fue mandón, no déspota. Viejo fibrudo que nada más sabía echarle para adelante. La *dictaterca* también le arrancó la vida.

La *dictarrecia*: el periodo de nosotros, los sonorenses. Álvaro Obregón inició la práctica y yo me empeñé en continuarla. Las voces de la reacción y los mediocres no cesaron de chillar sus penas.

¿Cómo hacerle para defender la integridad territorial de México? ¿Cómo organizar las finanzas que permitan sobrevivir los tiempos? ¿Qué hacer para imponer la paz, donde algunos se empeñan en mantener la guerra? ¿Cómo realizar la tarea de llevar la letra adonde sólo hay ignorancia? Y, ¿qué hacer con la higiene y la salud de millones? La *Dictarrecia* permitió que el general Obregón y, después, yo estableciéramos una dinámica en nuestros gobiernos que duraría hasta 1934.

No resultó fácil, les aseguro. Presencié torneos de saliva parlamentaria infecunda y malintencionada. Los hombres hacen de la propuesta verbal todo un estilo de vida. Son muchos los que hablan; pocos los que hacen.

Ahora, que tengo el privilegio de relatar estas memorias, pondero desde otro plano que la mayoría de mis acciones se tradujeron en consolidar entidades que han contribuido a la formación del México moderno. Son las instituciones creadas al amparo de mi "dictadura" el motor del funcionamiento de la República en el presente.

Los buenos propósitos de la Revolución fueron transformados en realizaciones gracias a la aceptación implícita de ejercer la autoridad con que la historia me designó.

A la Revolución se le dio cauce; a los gobiernos extranjeros se les puso límite; a la iglesia se le recordó cuáles son sus dominios. La integridad de la República no es negociable. A los alzados ambiciosos que pretendieron el poder se les combatió sin cuartel. Al final del trayecto, a mi República la dejé completa.

La *dictasoviet*. En 1934, como sabemos, el PNR llevó a Lázaro Cárdenas a la presidencia de México; en esos años, las corrientes de moda en lo político eran las de la Revolución rusa de 1917.

El bolcheviquismo se apoderó de la imaginación política de los más jóvenes. Lázaro Cárdenas, un hombre modesto y disciplinado, no resistió las influencias soviéticas de los tiempos.

La gloria proletaria, esencia de la prédica marxista-leninista, se apoderó del presidente Cárdenas. El general Mújica y toda una generación de soñadores sociales contaminaron el espíritu de Cárdenas y sus tiempos fueron responsables de señalarnos a nosotros (a Obregón primero y luego a mí) como reaccionarios. Vaya tal cosa, nosotros que fuimos los jodidos de la generación anterior, de pronto éramos los reaccionarios.

Ésos fueron tiempos de guerra; el mundo entero estaba comprometido en una lucha a muerte por las ideas. En la URSS, Lenin y Stalin se apoderaron de los ideales de toda una generación.

Aunque nuestra Revolución le antecedía siete años, la rusa parecía un volcán en erupción derramando conceptos sociales irrefrenables.

Al presidente Cárdenas le ocurrió la misma cosa, le atacó la chifladura del socialismo soviético "a la mexicana", recién iniciado su mandato en 1934. Toda una camada de comunistas que, degustando chilaquiles con huevo, conjuraban en Sanborns las rutas al paraíso proletario. A Cárdenas le parecía muy atractivo convertir al Estado surgido de la Revolución mexicana en un soviet.

Yo, desde años anteriores, tenía informes de primera mano, pues desde el régimen de Obregón habíamos enviado observadores a la naciente Unión Soviética. Percibí que la adopción de tales sistemas era una falacia. Con los gringos en el norte y la cruz en las conciencias, hablar de un soviet mexicano resultó una mera vacilada. La implantación de la educación socialista evidenció un fracaso y la economía habría de naufragar. La hoz y el martillo no eran practicables en la República de Anáhuac.

Con mi vida terminó mi capacidad de sentencia. Ahora sólo ofrezco mi parecer.

Si acaso yo, Plutarco Elías Calles, he sido señalado como un dictador, lo acepto, tal fue mi destino.

Si nuestras obras son grandes, han de trascendernos.

RAPSODIA DÉCIMO CUARTA

Reposo del guerrero

En los veranos de San Diego, por las tardes, soplaba la brisa húmeda del Pacífico que me traía dulces recuerdos; a fin de cuentas, yo era un patasalada guaymense. El clima amable y la presencia de ese trecho de mar espléndido se convirtieron en mi paraíso del exilio.

Recordé que no hay mejor cosa que andar por la vida sin más riqueza que la propia voluntad.

Sin sospecharlo, el destino me había obsequiado la posibilidad de recuperar mi vida, ya con la decepción asimilada. Regresé al feliz hábito de caminar bajo el sol y aprendí de nuevo a mirar mi entorno y a las cosas por lo que son, sin que la cabeza me estorbara.

Transcurrían los días despreocupados sin escuchar lisonja ni condena alguna, presentí la sencilla verdad que encierra el dicho popular: "No hay mal, que por bien no venga".

Acompañado de Castellanos, mi fiel amigo y secretario, íbamos desde mi casa en Upas hasta el límite de la costa en el "Cuatrovientos", su pequeño automóvil, del que francamente nos sentíamos muy orgullosos. Sólo costó setenta y cinco dólares, durante mi estancia en San Diego se convirtió en el artefacto más útil con el que contamos.

Bastaba sentarnos en las dos plazas delanteras y rodar despreocupados, con el viento cálido sobre el rostro. El "Cuatrovientos" era descapotable; además, en la parte de atrás tenía un asiento retráctil que se asimilaba en la carrocería del pequeño automóvil; ahí cabía una persona más, en este asiento me encantaba invitar a mi nieta Norma, "La Negrita", cuando venía desde la escuela a pasear con nosotros. Castellanos conduciendo, yo al lado, veíamos al sol perderse en el Pacífico californiano.

El milagro de Upas

En el año de 1935 tuvo lugar en Los Ángeles, California, una exposición de carácter mundial. Varias naciones del orbe abrieron pabellones dedicados a sus culturas; no sólo eso, se presentaron toda clase de actividades para entretener a las masas de visitantes. Se llevaron a cabo promociones y rifas, dicen que el ambiente fue festivo.

Cierto día, mi yerno Jorge Almada, que se había casado con mi hija Alicia, acudió de visita con el Chito Mueller y decidieron consumir un lonche en los terrenos de la feria; no dudaron en ingerir una botella de vino que los hizo sentir ligeros de ánimo.

En la exposición descubrieron, entre otras cosas, una casa modelo que había sido edificada con tecnología modernista. Se trataba de una vivienda al estilo americano, llena de comodidades inútiles, pero bien construida. Se dividía en dos partes y así podía ser transportada.

Jorge y el Chito compraron un boleto para la rifa de la casa que les describo; ya prontos a terminar la jornada, Jorge solicitó de su amigo el boleto en cuestión:

—No lo encuentro Jorge, me temo que lo he perdido —mi yerno montó en cólera y exigió a su amigo que regresara a procurarse un segundo boleto.

El 1212

Una semana después, el diario *Los Angeles Times* publicó el número triunfador, que correspondía al boleto de Jorge Almada.

Tal acontecimiento favorable resultó una enorme compensación, pues carecíamos de techo propio en el puerto californiano.

Aún hoy evoco aquel periodo de mi vida. Intervine en varias ocasiones a favor de las solicitudes que Lázaro Cárdenas me hizo durante veinte años. Ascensos militares para su propia persona o sus hermanos; financiamiento para sus intereses madereros; o en general demandas de ayuda para sus recomendados.

Durante los cuatro años que permanecí fuera del país, las pensiones que me correspondían como general del ejército y presidente de la República me fueron canceladas. Todo ese tiempo viví circunstancias muy difíciles y sólo la generosidad de algunos viejos amigos, como Abelardo Rodríguez, me salvó de la necesidad apremiante.

Cárdenas, en cambio, supo aliarse con la práctica que suele ser común en las izquierdas *radicales*: asignarse consultorías y comisiones oficiales que les redituarían por los próximos treinta años.

Mis detractores se hartaron de especular sobre mi fortuna personal, vaya ejercicio inútil. Durante mi destierro vivimos con enormes limitaciones económicas; sin embargo, eso no impidió que lograra sentirme contento. Incluso amado.

En lo político, yo había sido sacrificado. Si tal cosa resultó cruel e innecesaria, la acepté muchas veces satisfecho por abandonar mi patria sin que se hubiera derramado una sola gota de sangre.

Si bien para entender había que asomarse al pasado, la única alternativa útil era mirar para adelante.

Póker de rodillas

Al sentarme sentí sus rodillas, me disculpé apenado; ella sonrió y sólo dijo:

—No hay por qué, general.

"La Tencha", mi hija, se ofreció para buscar entre paisanos de la zona algunas mujeres que se animaran a jugar al póker conmigo. Me gustaba compartir la tarde con ellas y jugar. Con los hombres no, sólo querían hablarme de política.

Una tarde me percaté de que Herlinda solía sentarse a mi lado izquierdo. El roce de las rodillas se repitió, entonces yo me animé a sostener el contacto y pude notar que ella me correspondió.

Más me complació la sensación de sentirme hombre. La cabeza y la conciencia no me eran totalmente propias; estaban condicionadas por los entornos del lugar y del tiempo. La mente viaja por todos rumbos sin dar luz.

Las rodillas continuaron su diálogo y, acompañadas de la complicidad de las miradas, llegó el momento en que yo, el "Jefe máximo de la Revolución", me sentí intimidado para concretar lo que las partes insinuaban.

Logré vencer mi timidez y, abusando de mi amistad con Castellanos, le rogué llevara mi carta hasta Herlinda.

Billy, la morenaza

El hada madrina ya nos había designado la casa de Upas. Tres espléndidas recámaras con baños, una sala de estar con un espacio comedor y abajo un lugar que habría de servir como oficina, cuya utilidad principal fue alojar las neurosis del fiel Castellanos y mis turbulencias propias.

En ese confinado despacho, nos hicimos tolerantes ante nuestras flaquezas y llenamos nuestras mentes inquietas con el desarrollo de la gran guerra que comenzó en septiembre de 1939.

Todo había en Upas, excepto quien nos diera una manita para mantener la casa limpia y echarnos unas tortillas calientes.

Mis hijas se turnaban para visitarme desde México y eran bienvenidas, pues traían consigo su gracia y compañía. Las sesiones de carcajadas con ellas y los encuentros con Herlinda hicieron de mi exilio californiano un oasis de paz.

Otro menudo personaje en esos días contentos fue "La Negrita", Norma, mi nieta primogénita de quince años, quien fue compañía frecuente. Yo solía llamarla hasta la escuela de monjas donde estaba internada y las religiosas de la institución nunca se perturbaron al saber quién era yo.

—Negrita, vente, ya llegó el chorizo —luego, el fin de semana iba a buscarla hasta la estación de tren Santa Fe. Con ella a bordo del "Cuatrovientos", regresábamos a casa con Castellanos, destilando buenos humores.

Una agencia de empleos trajo al ángel soñado: una morenaza de noventa y cinco kilos que, cuando al cruzar por la puerta, me hizo pensar que era un forzudo de circo. Llevaba un vestido blanco con bolas rojas y un pequeño sombrero con velo transparente sobre la cara. Las mangas cortas revelaban unos brazos generosos que, cuando entraba y luego marchaba de regreso, lucían siempre guantes blancos.

—Soy Billy, vengo al trabajo de ayudar en casa y preparar comida una vez al día. Mi horario posible es ocho de la mañana a dos de la tarde —dijo en su imperfecto español. Acepté gustoso y casi la abrazo.

Billy llegaba por las mañanas, desmontaba su sombrero y velo, se retiraba los guantes, protegía su vestido con un mandil y se abocaba con energía a la limpieza. Dicen que cantaba góspel, yo aguantaba el ruido. Al medio día, ella advertía de la disponibilidad de la comida y entonces yo gritaba: "¡Tropa, a la mesa que se nos va la negra!".

Disfrutábamos del menú reducido de la morenaza y terminé por acostumbrarme a su chile con carne.

Morse de rodillas

Las sesiones regulares de la jugada de póker siguieron. La paisanada de San Diego me dispensó una gran cordialidad y las señoras que me acompañaron en los trámites de naipes fueron siempre divertidas y acogedoras. Herlinda siguió sentándose a mi izquierda y con su rodilla aprendió a transmitirme una ordenanza: "Te quiero, ven a mí".

Ya con las amigas de regreso a sus casas, caminé cruzando el parque hasta la casa de Herlinda. Ella había dispuesto, en su pequeña terraza frente al jardín, una mesa de bejuco con dos sillas de cojines de guacamayas, sobre ellos conversábamos adormilados por unos vasitos de bacanora.

Herlinda insinuó que yo era muy torpe e insistió en enseñarme a bailar. A ella le seducía la música de Cole Porter. *Noche y día* era su melodía preferida. Bailábamos descalzos sobre los mosaicos bien trazados en blanco y negro, envueltos por la brisa cálida del verano californiano.

Romeo y Julieta

Uno pensaría que por las circunstancias y la edad, el acercamiento sentimental entre dos personas maduras parecería novelesco. A mis sesenta años, experimentar sensaciones de amor me resultó perturbador.

Herlinda era una mujer de cuarenta que había enviudado un par de años antes. Unos ojos de avellana profundos, enmarcados por una melena castaña generosa, le daban un aire de fruta fresca que, aunado a su figura atractiva, estructurada sobre unas piernas hermosas, la convirtió en el encanto de mis ojos.

El espacio del exilio trajo como consecuencia la liberación de la mente desparramada en todos los tiempos, excepto en el presente.

El coronel Calles, el comisario, joven general y después presidente de la República había dejado de ser todo eso y ahora encarnaba a un hombre otoñal, asombrado por percibir la energía generada por la relación con una mujer, que me devolvió la sencillez de vivir ilusionado.

Herlinda habitaba una casa encantadora en el extremo opuesto de donde yo vivía, frente a Balboa Park. La cercanía del famoso zoológico en la ciudad nos daba acceso a los murmullos nocturnos de las fieras y no era sorpresivo que me llamase a la media noche:

—General, ¿has escuchado a las cebras en brama? —luego soltaba una carcajada.

Ella siguió llamándome general todo el tiempo, nunca logré que se animara a decirme Plutarco. En alguna

ALFREDO ELÍAS CALLES

celebración particular, con motivo del aniversario del cortejo, se presentó sorpresivamente vestida de soldado, con un
atuendo que había rentado.

—Estoy a sus órdenes, mi general —y vaya que lo
estuvo.

aximino Ávila Camacho llegó hasta San Diego a visitarme en el otoño del año anterior. Me trajo un mensaje del presidente Manuel Ávila Camacho, su hermano.

El señor presidente me invitaba a regresar a la patria. Aunque yo sospechaba las razones de la amnistía, la verdad era un acto generoso que me permitiría asomarme a la nación.

Tenía sesenta y cuatro años y adiviné la conveniencia de reintegrarme a los rumbos tan amados. Acercarme a mis afectos. Al igual que todos, era miembro de la comunidad mexicana.

Me dispuse al viaje, hice los preparativos que implicaban la mudanza, descolgamos los diagramas en los que, en compañía de Castellanos, señalábamos los progresos de la gran guerra. Las buenas comunicaciones en California eran de gran calidad y estábamos enterados puntillosamente del gran conflicto.

Tuve el privilegio de presenciar la campaña de las preparaciones navales para la guerra en el Pacífico. San Diego se convirtió en esos años en un hormiguero bélico que capturó mi imaginación.

Era momento de regresar a México. Billy, la negraza elegante con el sombrero de velo, mi ama de casa, curandera y cocinera se puso sentimental. Yo le había cobrado aprecio, no a su menú de tropa, pero sí a su donosura. Para variar, me ofreció un chile con carne. Vinieron las del póker, también Herlinda, de ella les cuento por separado.

Con Castellanos y mi nieta, "La Negrita", sobre el asientito trasero del "Cuatrovientos" fuimos los tres desmelenados. Convencí a Castellanos de tararear una melodía como solía hacerlo de vez en cuando. Rodamos por la Cinco Norte hasta Del Mar, el encantador pueblo al norte de San Diego.

En ese lugar que tanto disfruté, tuve felices aconteceres en compañía de mis hijas y algunos amigos que me visitaron. Luego regresamos hasta el muelle mismo y abordamos el ferry que nos llevaría hasta la Isla de Coronado, donde habríamos de realizar una comida más en el Hotel del Coronado, esa maravillosa construcción en madera sobre la playa que tanto admiré.

No sólo eso, cada vez que nos presentábamos me trataban con una cortesía y respeto que siempre me gratificó.

No te vayas

Plutarco, no te vayas —dijo Herlinda. Nunca me había llamado por mi nombre hasta esa tarde que, sentados sobre unas piedras frente al mar en Point Loma, me miró resuelta y sugirió lo que temía—: Es absurdo, aquí tienes la vida, eso que se nos ha dado. Regresas atrás de donde te han echado, donde se te han pegado tantas penas.

Me tomó de la mano, la luz del atardecer frente al Pacífico iluminó su rostro y pude ver una lágrima espesa que recorría sus rasgos hermosos.

—Herlinda, a mí me han investido mediáticamente como el "Hombre fuerte de México", pero me siento inseguro frente a ti; la vida me ha pasado por encima y en ocasiones, el que ha pasado por encima de ella, he sido yo. Lo que me queda, no sé si resulte suficiente para llenarte de amor.

Ella me hizo sentir una ternura infinita.

—Nos volveremos a encontrar —le dije.

La última noche la consumí con ella en su casa y sobre la terraza de mosaicos blancos y negros, mientras que de cerca escuchábamos los ruidos de las fieras del zoológico, Herlinda sugirió:

—¿Has escuchado a las cebras en brama? —y estallamos en carcajadas.

RAPSODIA DÉCIMO QUINTA

Y de nuevo entre nopales

El regreso a la patria lo hice por tren hasta Texas. Cruzando la frontera, le había solicitado a Plutarco, mi hijo, que me encontrara en Laredo y desde ahí en automóvil rodar hasta Soledad de la Mota, en Nuevo León.

Ésa fue una decisión feliz, regresar a ese santuario de sencillez agrícola lejos de la selva de los hombres me llenó de afecto.

Respiré el aire libre y limpio de esas llanuras extensas, donde la labranza se convirtió en el culto de mi familia. Aco y sus hijos habrían de hacer de Soledad de la Mota, un ejemplo de moral agrícola que todos respetaban.

En ese lugar pasé tres meses, me solacé viendo a mis nietos correr despreocupados en los llanos inocentes. Yo solía flotar sobre el estanque durante largos minutos. Escuché a los chiquillos decir:

—Mira cómo flota papá Caco —pensé que tenían razón; a pesar de todos los sinsabores, seguía flotando.

En la Ciudad de México, mi tribu ya preparaba los festejos familiares del caso. "La Tencha" y Fernando Torreblanca me organizaron un banquete casero y nos dimos un comilón entre los amigos que acudieron a abrirme los brazos.

Cecilia, la hechicera gastronómica en la calle de Guadalajara, hizo el caldo de queso y las buenas voluntades de Sonora enviaron unas carnes que se volvieron asadas en un manoseo de fuegos. Ésas fueron mis primeras tortillas de harina en mucho tiempo.

Presentes todos mis hijos y varios amigos; los leales: Amaro, Luis León, Aarón Sáenz, Melchor Ortega, Garrido Canabal y el general Tapia, a ellos debo el tributo de mi gratitud. Los enemigos cobraron distancia. Mejor así.

En septiembre de 1942, el primer mandatario decidió hacer una promoción política en favor del concepto de la unidad nacional. Actos emblemáticos que ayudan al Estado a transmitir imágenes de cordialidad entre las facciones.

Nosotros, los convidados ese día al balcón de palacio, aceptamos el esfuerzo presidencial para juntarnos, pero probaría ser un encuentro difícil para todos.

Me sorprendió ver a Adolfo de la Huerta, habían pasado diecinueve años de no verlo; lo noté viejón, igual que yo, acusamos las huellas de la inquietud, la Revolución nos había cobrado. Recordé los años de sincera amistad y de compartir familias. Clarita, su esposa, siempre trató a mi prole con generosidad.

Las razones que nos pusieron aparte resultaron terminales. Muy lamentable.

En verdad, desde los primeros días de su gobierno, el señor ingeniero Ortiz Rubio estaba llamado a fracasar. Hombre sin carácter, víctima de prejuicios sin fin, era susceptible en grado sumo a la influencia de la gente con la que él hablaba; sobre todo sus familiares. Era un juguete de las personas que lo rodeaban.

A él lo llevaron a creer que era el centro de todas las acechanzas.

A Ortiz Rubio lo vi igual; ya estaba viejo desde antes.

Abelardo Rodríguez, considerablemente menor que yo, al igual que Cárdenas, lucía más lozano. A ellos, la responsabilidad de lo álgido del conflicto no les había tocado.

Apareció Lázaro Cárdenas, yo estaba en el balcón y, para alcanzar su asiento, tuvo que pasar frente a mí y sólo dijo:

—Con permiso, mi general.

—Pase usted, mi general —respondí.

Esa mañana, desde el balcón presidencial y sobre la plaza que contenía a la multitud acarreada, se llevó a cabo la concentración populista.

No pude menos que recordar que seis años atrás, en este mismo lugar, con una aglomeración equivalente, decidiste tú, presidente Cárdenas, realizar "La quema del Judas"; o sea, denunciarme ante la masa como traidor a los valores de la Revolución, esa misma Revolución en donde yo fui tu mentor. Los hombres pueden tener diferencias, pero esa acción no fue honorable.

Ese día creíste alcanzar el indulto por la perfidia maquinada.

Yo hice acopio de las únicas fuerzas que le restan al náufrago y maldije tu memoria.

El honor de un estadista que ha cumplido cabalmente con su misión no es negociable.

La muerte te reclamó un 19 de octubre. Conmigo lo hizo en la misma fecha, veinticinco años antes. Tal sincronía la estableció tu deshonor. No fue una casualidad.

Este plano no ha carecido de *supones*…

Qué tal si el señor Madero se hubiese contentado con la salida de don Porfirio, en lugar de haber persistido con la idea de asumir una posición para la que realmente no estaba destinado.

Don Venustiano fue un gran hombre. Cabal, recto y patriótico. También obstinado. Si sólo hubiese aceptado que el huracán de Obregón era imparable, hubiera terminado su mandato con honores y yo, disfrutado con él la barbacoa a la que me había invitado en Torreón.

Cuando conocí a Pancho Villa en Ciudad Juárez, yo era apenas un coronel emergente, me impresionó muchísimo. Es cierto que pesaba en su ánimo el hecho de saberme aliado de Obregón. Nos dimos un trato cordial. Si en lugar de bandolero-revolucionario, hubiera sido más de esto último, hubiésemos fumado la pipa de la paz, en Canutillo.

Tanto que admiré a Zapata. El hombre valiente e idealista. Héroe mítico. El auténtico revolucionario sin tacha. De haberle entregado el mando a Carranza, a toda Cuernavaca no le alcanzarían las flores para cubrirlo. En vez, escuchó la voz melosa de Guajardo, quien le condujo hasta la guarida misma de la traición.

Y a ti, Fito querido, cómo no logré persuadirte de plegarte a la voluntad política de Obregón. De brillante talento y maneras suaves, eras el perfecto complemento de los tres mosqueteros. Pudiste haberme sucedido en la silla presidencial; cuánto daño se habría evitado…

Contigo, Lázaro Cárdenas, ciertamente hubiera preferido compartir una charanda, de la que tú favorecías, que me hubieses solicitado permaneciese en las playas de Sinaloa, entre las olas de espuma blanca y las jugadas inocentes de naipes, donde sólo me preocupaban las flotillas de moscos que me acosaban.

Bastaba con insinuar: "mejor no vengas porque me alborotas el gallinero". Decidiste abusar de mi buena voluntad y resolviste tornar tus actos en vulgar falsía. Todo en la persecución de la vanagloria tan efímera.

Cómo será el delirio de los supones, que también he supuesto que los señores curas, siervos del Vaticano, hubieran acatado los ordenamientos de nuestras leyes. Sin embargo no fue así, ellos se ampararon bajo los privilegios divinos que creían les había otorgado la Bula Alejandrina del papa Alejandro VI.

Si mi supón se hubiera materializado, mis hijas se hubieran casado por la iglesia como de cualquier forma lo hicieron, y yo no hubiera tenido reparo en compartir un vino que dos con los monseñores purpúreos.

A mayor abundamiento: les hubiera solicitado que me enviaran a una de las monjitas de Santa Brígida, hasta el castillo mismo, para que me aplicase las pomadas sanadoras, que aliviarían mi pierna permanentemente adolorida.

No puedo omitir, en mis supones, imaginar cuál hubiera sido el destino de la patria mexicana de no contar con la vecindad del imperio del norte.

Qué hubiera sido de la República en el caso de que el telegrama Zimmerman resultara profético y se hubiesen reintegrado a la patria los territorios de Texas y California, que nos eran propios antes de las guerras de 1846.

Álvaro Obregón se cuece aparte, supongo que he dejado claro que él fue el dios de la Guerra. El Aquiles invencible. El caudillo invicto.

En el afán de suponer lo que se desea, yo hubiese preferido que en 1926 Álvaro hubiera decidido permanecer en Sonora y mantener su labranza productiva. Cuando regresó de nueva cuenta al escenario político con afanes reeleccionistas, yo advertí en él el arrojo temerario que lo hizo creerse guerrero inmortal. Desafió a la muerte y ésta lo reclamó violentamente.

Qué tal si prolonga su estancia en Sonora y yo, al terminar mi mandato, se lo hubiera pasado a Fito de la Huerta o a Morones. Su decisión vistió de luto a su familia y a la nación. A mí, me terminó. A la muerte de Obregón, yo quedé exánime.

En mi propia tribu, me hubiera gustado insistir lo suficiente para que Rodolfo, mi hijo, no hubiese adoptado la carrera política. El precio fue excesivo. Resulta mejor propuesta una existencia cabal y autosuficiente que las responsabilidades de gobierno, que terminan en vida sombría.

Nunca me felicité bastante de promover el interés de Aco, mi segundo hijo, en el amor por la labranza y la práctica sostenida de una moral agrícola, que como ya he mencionado, convirtieron a Soledad de la Mota en un oasis, en el que concentró su laboriosidad toda su familia.

Supongo que el destino no me dio tiempo para compartir la vida con Natalia. Ella me obsequió su lealtad de matrona irreprochable y yo, en cambio, le impuse los rigores de una existencia azarosa, dominada por la vida revolucionaria. A Natalia no puedo agradecerle bastante.

Un hombre que tuvo quince hijos tiene como resultado las bifurcaciones de un frondoso ahuehuete genealógico. En mi caso, me dio cuarenta y dos nietos, ochenta y cuatro bisnietos y se calculan doscientos cincuenta tataranietos. Vaya prole.

He tenido la satisfacción de ver a mis hijos asumir las tareas de ciudadanos dedicados a las labores que reclama la necesidad. Particularmente me enorgullece saber que comprendieron que no pertenecían a una casta divina y evitaron las ambiciones que los hijos de los próceres suelen asumir, pensando que a ellos les corresponde, en turno, gobernar a la nación.

Así es esto del suponer; como pueden ver, en este plano también es posible ponderar lo que hubiera podido suceder. De nada sirve, el destino de los hombres está determinado por el hado universal. Nada sucede fuera de su tiempo. Los hombres somos sólo criaturas ejecutantes de la ventura que nos corresponde.

Quiero suponer, sobre todas las cosas, que los hombres y las mujeres de México adoptarán las creencias de nuestros antepasados, y abrazarán con pasión la esencia de los dioses prehispánicos: el dios Sol; el dios Tierra; el dios Agua. La diosa madre Naturaleza.

A esos hombres y a esas mujeres, yo supongo, podríamos llamarles los hombres nuevos, cuyas conciencias estarían libres de cualquier tipo de adoctrinamiento. Sólo ellos resolverán los problemas de la patria y el planeta.

A ellos dedico el contenido de estas memorias.

México, 2012.

Agradecimientos

Este libro es el resultado de muchas voluntades y colaboraciones. Digo esto porque algunas de estas contribuciones se hicieron voluntariamente y otras se dieron de manera indirecta. El conducto fue la lectura. Hay a quien no conozco, ni conocí; sin embargo, aprendí a conocer sus mentes a través de sus escritos. Así pues, he de organizar mis agradecimientos como si recibiera un premio Óscar cinematográfico.

Al Fideicomiso Archivos Plutarco Elías Calles y Fernando Torreblanca. Gracias a esta institución impecable, que ha tratado las memorias de una buena parte de la historia revolucionaria, con pulcritud y respeto.

A Norma Mereles de Ogarrio, su directora, por su aliento constante y su conducción acertada entre la selva documentaria de la que es responsable. A todo el personal de los Archivos Calles-Torreblanca, por su tolerancia y paciencia. A la Academia de la Historia. Al Doctor Katz, Enrique Krauze, Aguilar Camín, Lorenzo Meyer, Javier Garciadiego, Marta Loyo y Jean Meyer, todos ellos verdaderos académicos, cuyas plumas han servido para iluminar el pasado del México histórico contemporáneo. Antes, también consulté a otros de la generación anterior: Taracena, los Archivos Casasola, los Alessio Robles, Ramón Prida y varios testimonios más de la Revolución. A Carlos Macías Richard, por su magnífica biografía de Plutarco Elías Calles.

A las hemerotecas y bibliotecas del país, que me hicieron posible capturar sustancia para este relato. A la catedrática universitaria Sonia Quiroz Flores, por su constante entusiasmo en hacerme ver la historia a través de los ojos de los sonorenses que supieron hacer, de la guerra, gobierno. Por esa razón la solicitan los militares: para estudiar los procedimientos de los generales que hicieron patria.

A la memoria de don Federico Barrera Fuentes, el decano de los periodistas mexicanos. Murió en el 2004. Él fue testigo de los tiempos. Los conoció a todos; cuando hablaba de Calles, le temblaba la voz de emoción y reverenciaba su figura como el autentico estadista de la revolución. Había que mirarlo a los ojos —decía don Federico—, tenía una mirada clara, fuerte y resoluta. O le temblaban o le seguían el paso. Calles nunca tuvo tiempo para demorarse —repitía don Federico—. Eran cuatro años y había que reformar el país. El día no tenía veinticuatro horas, él transformó las jornadas; las hizo de cuarenta y ocho. Gracias don Federico.

A mis editores Laura Lara y Jorge Solís, por los cuidados puntillosos a mi obra, con respeto a la verosimilitud. Por hacer caber mi narración dentro de la máquina del tiempo —soy proclive a los saltos mortales—. Ellos me recordaron que los lunes son siempre después de los domingos.

A la tribu Elías Calles. Guapa y solidaria, esta raza me sugiere buenas cosas, hay hombres plenos y mujeres bonitas, afortunadamente, no existen en nuestra familia "prohombres de la historia". A ellos les agradezco su paciencia y la emoción compartida. Finalmente, nuestro Viejo habló después de setenta años de silencio y cuenta su historia con todos los claroscuros de los tiempos.

A Laura Esquivel, gracias hermana, por tanta cosa compartida, siempre acompañada de tus letras luminosas. Además, le echas corazón. Así, ni cómo no darte las gracias. A Antonio Velasco Piña, iguanas ranas. Toñito, siempre diligente y puntual. Leíamos el trabajo en Sanborns y siempre fuiste atinado en tus observaciones.

A mi hermano Fernando Elías Calles, el soldado político más fiel del callismo, siempre congruente en la tarea de cuidar nuestro patrimonio afectivo. Gracias por tu constante apoyo y guía.

A mi cómplice cibernética, colaboradora entrañable Carmen Izaguirre, por las jornadas interminables. Mi miopía por entonces irreductible me sometió a compartir con su habilidad y sus manos, una historia que a mí me hubiera tomado varios años terminarla a la velocidad de mi torpeza. Ella, además, proporcionó el humor y las galletas Marías que hicieron de esos encuentros una novela que queda pendiente.

Y ahora el Gracias grandote...

Señor General Plutarco Elías Calles, adonde se encuentre:

Papá Caco, quédote agradecido eternamente por haberme permitido sentir tu espíritu en el tiempo que hizo posible escribir este libro. Estoy convencido que se dio un enlace; supe de ti y lo relacionado con tu vida, no sólo de la historia, de eso se encargarían otros, lo nuestro fue otra cosa. Conocer la materia íntima de lo que tú fuiste, el hombre, el amantísimo padre y por supuesto, el estadista. Bien recibido Papá Caco, está claro. Lo que yo aquí asiento es la bitácora de tu vida. Los abarroteros de la historia se han empeñado en abusar de tu memoria, setenta años se han ido sin respuesta, tal fue la modestia de nuestro clan. Me has privilegiado al escribir tu historia. Es mi esperanza que la nación mexicana se entere de quién fuiste tú y de quién sigues siendo. Gracias. Aunque el contacto habría de darse sólo por un tiempo, fue suficiente. Te quiero y admiro.

El autor, tu nieto, Alfredo Elías Calles.